हास्य-विनोद
की कहानियाँ

हास्य-विनोद की कहानियाँ

रस्किन बॉण्ड

प्रभात प्रकाशन

प्रकाशक

प्रभात प्रकाशन प्रा. लि.

4/19 आसफ अली रोड, नई दिल्ली–110002

फोन : 011–23289777 • हेल्पलाइन नं. : 7827007777

इ–मेल : prabhatbooks@gmail.com ❖ वेब ठिकाना : www.prabhatbooks.com

संस्करण

2026

पेपरबैक मूल्य

तीन सौ पचास रुपए

मुद्रक

नरुला प्रिंटर्स, दिल्ली

———— ★ ————

HASYA-VINOD KI KAHANIYAN
by Ruskin Bond

Published by **PRABHAT PRAKASHAN PVT. LTD.**
4/19 Asaf Ali Road, New Delhi-110002

ISBN 978-93-5048-132-5

₹ 350.00 (PB)

अपने एक पूर्व हेडमास्टर की स्मृति को समर्पित, जिन्होंने कहा कि मैं निखट्टू हूँ और केवल एक माली बनने लायक हूँ। उन्होंने ठीक ही कहा था, मैं एक लेखक बन गया जो कमोबेश माली की ही तरह होता है।

यहाँ-वहाँ थोड़ा-बहुत आमोद-प्रमोद
बुद्धिमान व गंभीर लोगों को भी आनंद देता है।

भूमिका

बंदरों की आबादी निश्चित तौर पर बढ़ती जा रही है और अगर एक दिन यह मनुष्यों की आबादी से अधिक हो जाए तो मुझे कोई आश्चर्य नहीं होगा। निस्संदेह जो हाल है, एक दिन ऐसा आएगा जब हम बंदर और आदमी में कोई अंतर नहीं कर पाएँगे। बंदर अधिक मानवीय बनते जा रहे हैं, जबकि मानव बहुत हद तक बंदर जैसा होता जा रहा है।

गरमी की रातों में मैं अपनी खिड़की खुली छोड़ देता हूँ और आज अल सुबह रिसस प्रजाति का एक सदस्य, यानी बंदर चुपके से अंदर घुस आया, उसने मेरी नोटबुक उठाई और फिर चुपचाप चला गया। कुछ समय बाद मैंने पड़ोस की छत पर उसे नोटबुक चबाते देखा। नोटबुक उसे जब अपाच्य लगी, तो वह उसे टुकड़े-टुकड़े करने लगा और फिर उसने कागज के टुकड़ों को पहाड़ी की ओर बिखेर दिया।

इस तरह मैंने अपनी पुस्तक का एक अध्याय खो दिया। पाठकों को अब 27 की जगह 26 अध्यायों से ही संतोष करना पड़ेगा।

ऐसा नहीं है कि जो अध्याय गुम हुआ, उससे साहित्य का कोई बहुत बड़ा नुकसान हो गया। दरअसल इसमें मुख्य रूप से मेरे पड़ोसी के कबूतर की चर्चा थी। यह कबूतर समय-दर-समय मेरी खिड़की से अंदर आ जाता है और मेरी टेबल पर अपनी बीट टपका जाता है। मुझे कबूतरों से कोई शिकायत नहीं—उन सबों से तो एक बार मुझे अपनी कहानी का शीर्षक मिल गया था—लेकिन

प्रो. शैली ने मुझे सूचित किया है कि बतख, हंस, कबूतर और मुरगी जैसे बहुतेरे पालतू पक्षियों की बीट से बर्ड फ्लू फैलता है। बात चिड़ियों की है, लेकिन ध्यान तो देना ही होगा। इसलिए मैं अब कबूतरों को भगा देता हूँ, जबकि पहले उनकी आवभगत करता था। अब वे अपनी बीट पास की मूर्ति, घंटाघर या पुरानी पुलिस चौकी पर टपकाएँ।

चिड़ियों की बात चली है तो पहाड़ी मैना के बारे में बताता हूँ, जो अकसर मेरी खिड़की के नीचे अपना अड्डा बना लेती है। पहाड़ी मैना बहुत बड़ी नकलची होती है। मेरे घर आनेवाली मैना अकसर दूसरे पक्षियों और आदमी की आवाज की नकल कर लेती है। मेरे पड़ोस में रहनेवाले एक वृद्धजन करीब एक पखवाड़े से बाहर गए हुए हैं। एक दिन अहले सुबह जोर-जोर से खाँसने, गला साफ करने और खखारने की आवाज आई। खाँसने और बड़बड़ाने की जानी-पहचानी आवाज सुनकर जब मैं उठा तो समझा, पड़ोसवाले वृद्ध सज्जन लौट आए हैं। लेकिन बाहर देखा तो उनके दरवाजे पर ताला लटका ही हुआ था। दरअसल, रेलिंग पर अड्डा लगाकर मैना आराम से हर सुबह गला साफ करने के क्रम में निकलने वाली उनकी आवाज की नकल कर रही थी। जब वे लौटेंगे तो जानेंगे कि अब तो कोई उनका प्रतिद्वंद्वी भी बन चुका है।

पक्षी अनोखे व हास्यास्पद करतब कर सकते हैं। मेरा टूथब्रश गायब होता रहता था और मुझे उसके बारे में कोई जानकारी नहीं थी। अचानक एक दिन देखा कि एक स्मार्ट जंगली काला कौवा अपनी चोंच में मेरे टूथब्रश को फँसाकर पूरी अकड़ के साथ मुँडेर पर बैठा हुआ है। बाद में हमने पाया कि सीलिंग और छत के बीच की जगह में उसने ऐसे ब्रशों का अच्छा-खासा संग्रह बना रखा है। कोई आश्चर्य नहीं कि इससे टूथब्रश की बिक्री बढ़ गई हो।

निश्चित तौर पर पशुओं की तुलना में आदमी ज्यादा मजाकिया होते हैं। इस पुस्तक की अधिकांश हास्यपूर्ण कहानियाँ ऐसे ही लोगों के बारे में हैं—अंकल केन, आंट मेबल, प्रकृति-प्रेमी मेरे बैंक मैनेजर, लड़कियाँ जिन्हें मैं भूल नहीं पाता, पुरानी प्रेमिकाएँ, युवा प्रेमिकाएँ और चकरा देनेवाले अधिकांश

लेखक, जिनके साथ हास्यपूर्ण घटनाएँ हर समय घटती रहती हैं और फिर सात साल का छोटा गौतम जो इस पूरी कार्यवाही में थोड़ी समझदारी पैदा करता है।

एक दिन उसने मुझसे सवाल किया—"आप पुस्तक क्यों लिखते हैं? क्या आपका हाथ थकता नहीं है?"

थोड़ी देर बाद मैंने जवाब दिया, "लेकिन मैं तो आजीविका के लिए लिखता हूँ।"

"क्या आप कुछ और नहीं कर सकते?"

मैं एक मिनट तक सोचता रहा। करने लायक कुछ और दिखता नहीं। यह कहने के बाद मैं जोश में आया।

"मैं अंडे उबाल सकता हूँ।"

गौतम ने तालियाँ बजाई उसने कहा, "बहुत अच्छा! हम लोग कैंब्रिज बुकशॉप के सामने वाले मॉल के पास अंडे बेच सकते हैं। अब आपको किताब लिखने की जरूरत नहीं रह जाएगी।"

मैंने आपत्ति जताते हुए कहा, "लेकिन लिखना मुझे पसंद है और फिर अंडा बेचकर हम बहुत अधिक पैसा नहीं कमा सकते। यहाँ भी बहुत अधिक कॉम्पिटिशन है।"

"और लेखकों का क्या हाल है? क्या लेखक बहुत अधिक नहीं हैं?"

"हैं! लेकिन वे सभी गंभीर लेखक हैं। मैं तो सिर्फ हास्य-विनोद का लेखक हूँ। वे सब ऑमलेट बनाते हैं। मैं अंडे का भुरता बनाता हूँ।"

"अंडे का भुरता क्या होता है?"

"वही, जो हर सुबह तुम खाते हो—अंडे की भूजी।"

"ओह! यह तो मुझे अच्छा लगता है। गंभीर ऑमलेट नहीं बनाना, दादा। उलटा-पुलटा लेखक बनो दादा।" वह मेरे गले से लिपट गया और 'दादा का भूजी' चिल्लाते हुए दौड़ गया।

अनुक्रमणिका

1

मुंबई के आस-पास

मैंने अपनी जिंदगी में बंबई को मुंबई, कलकत्ता को कोलकाता और मद्रास को चेन्नई बनते देखा। समय बदला, नाम बदला और अब अगर बॉण्ड बदलकर बोंडा हो जाए, तो मुझे कोई एतराज नहीं होगा। जगहों के नाम बदल सकते हैं,लेकिन आदमी के नहीं। मैंने मुंबई में लोगों को पहले जैसा ही, या यूँ कहूँ कि जब पिछली बार 25 साल पहले यहाँ आया था, उससे भी अधिक स्नेही और भले स्वभाव वाला पाया।

उस वक्त मैं 'दून एक्सप्रेस' से मुंबई आया था। यह धीमी गतिवाली पैसेंजर ट्रेन थी, जो कम-से-कम पाँच राज्यों के हर स्टेशन पर रुकती हुई आई। देहरादून से मुंबई महुँचने में इसे पूरे दो दिन, दो रात लगे। सिर्फ एक घटना को छोड़ दें, तो यह पूरी तरह बिना किसी खास घटना वाली यात्रा थी। एकमात्र घटना बड़ौदा में घटी। हमारी ट्रेन अहले सुबह यहाँ रुकी थी। ट्रेन के रुकते ही मेरी खुली हुई खिड़की से एक हाथ मेरे तकिए के नीचे सरक आया। उसे मेरे चश्मे को छोड़कर कोई और कीमती चीज नहीं मिली। चश्मा लेकर हाथ बाहर हो गया और मुंबई में जब तक मैंने दूसरा चश्मा नहीं खरीदा, तब तक के लिए आधा अंधा बनकर रह गया।

अब मैं तीन जोड़ी चश्मे हमेशा अपने पास रखता हूँ। एक पढ़ने के लिए, एक लोगों को देखने के लिए और एक समुद्र के आगे दूर तक देखने के लिए।

मुंबई के लिए किंगफिशर फ्लाइट में मैंने दूसरी जोड़ी का इस्तेमाल किया। मैं लोगों को खासकर आकर्षक विमान परिचारिकाओं को देखना पसंद करता हूँ। मैंने पाया कि वे सब भी मुझे निहार रही हैं। लेकिन उनके निहारने का कारण यह था कि मैंने अपनी बेल्ट—पतलून की बेल्ट, न कि अपनी सीट बेल्ट, एक सहयात्री के सामान के फीते से बाँध रखी थी। और सहयात्री तथा उनके सामान, दोनों को ही बीच के रास्ते पर घसीटने वाला था। उस विमान परिचारिका ने बहुत ही कूटनीतिक तरीके से हम लोगों को अलग किया और फिर कोई दुर्घटना न हो, इसके लिए मुझे अपनी सीट पर बैठे रहने की ताकीद की।

इस घटना ने मुझे कई साल पहले की एक घटना की याद दिला दी, जब मैंने 'टारजन' फिल्म में रोल के लिए ऑडिशन टेस्ट दिया था।

कास्टिंग डायरेक्टर ने सवाल किया, 'किसका रोल करना आप पसंद करोगे?'

मैंने जवाब दिया, 'निश्चित तौर पर टारजन का।'

उसने मुझे घूरकर देखा और सवाल किया, 'क्या आप एक पेड़ से दूसरे पेड़ पर झूल सकते हो?'

मैंने कहा, 'आसानी से। मैं झाड़ पर भी झूल सकता हूँ।' इतना कहकर, जहाँ वे सभी बैठे थे, उसे ढाहने के लिए आगे बढ़ा। परंतु उन सभी ने मुझे रोक दिया।

'धन्यवाद मि. बॉण्ड! तुमने अपना करतब दिखा दिया। लेकिन हमें नहीं लगता कि तुम्हारा चेहरा टारजन की भूमिका अदा करने के लायक है। क्या तुम उस मिशनरी का रोल करना चाहोगे, जिसे नरभक्षियों का एक झुंड पकाकर कुरकुरा बना रहा है? टारजन तुम्हारे बचाव में आएगा।'

मैंने ससम्मान इस रोल को करने से इनकार कर दिया।

और अब मैं मुंबई में था। लेकिन किसी फिल्म में ऑडिशन के लिए नहीं, बल्कि मुझे 'रूपा बुक फेस्टिवल' का उद्घाटन करना था। पुराने दिनों

की यादगारी के लिए मैं समारोह-स्थल घोड़ागाड़ी से पहुँचा। उतरते वक्त मेरी अड़ियल बेल्ट घोड़े की साज से उलझ गई और मेरे जोर लगाने से बजाज एक्जिबीशन हॉल पहुँचने में लगभग पूरी घोड़ा गाड़ी घुस गई।

बहरहाल, शाम का मनोरंजन कार्यक्रम बिना किसी रुकावट के संपन्न हो गया। गुलजार ने गालिब का पाठ किया, टॉम ऑल्टर ने गुलजार का पाठ किया, मंदिरा बेदी ने नंदिता पुरी का पाठ किया। हर कोई एक दूसरे की रचना का पाठ कर रहा था। मैं चुपचाप एक कोने में बैठा इस जुगत में लगा रहा कि मेरी बेल्ट फिर कहीं न उलझ जाए।

दूसरे दिन 'हिंदुस्तान टाइम्स' के एक पत्रकार और फोटोग्राफर मुझे शहर घुमाने ले गए। भव्य उपनिवेशी इमारत 'एशियाटिक सोसाइटी लाइब्रेरी' की सीढ़ियों पर फोटो के लिए उन्होंने मुझसे पोज देने को कहा। फोटो खिंचवाने के लिए जब मैं वहाँ खड़ा था तो किशोरों का एक ग्रुप वहाँ से गुजरा। मैंने उनमें से किसी एक को यह कहते हुए सुना—'यह नया मॉडल है।'

मैंने इसे प्रशंसा के तौर पर लिया। उन्होंने कम-से-कम मुझे पुराना मॉडल तो नहीं कहा। संभवतः अब भी मुझे टारजन का रोल मिल सकता है। यदि टारजन का नहीं, तो उसके दादा का।

वही पत्रकार और फोटोग्राफर मुझे एक मार्केट ले गए, जहाँ आप किताब से लेकर ब्रा तक, यानी कुछ भी खरीद सकते हैं। उन्होंने मेरे आतुर हाथों में हजार रुपए का नोट थमा दिया और मुझसे अपनी पसंद का कोई भी सामान खरीद लेने को कहा। वे मेरे फोटो खींचते रहे।

मैंने उनसे पूछा, "क्या मैं इन रुपयों को रख सकता हूँ?"

"नहीं, आपको इन्हें खर्च करना है।"

तब मैंने दो लेडिज हैंडबैग और दो जोड़ी लेडिज स्लीपर खरीद लीं।

पत्रकार ने सवाल किया, "क्या अपनी गर्लफ्रेंड्स के लिए खरीदी हैं?"

मैंने जवाब दिया, "नहीं, उनकी माँ के लिए!"

समारोह-स्थल लौटने पर एक आकर्षक महिला, जो अपने परिचय का

खुलासा नहीं चाहती, ने मुझे एक सुंदर स्काई ब्लू टी शर्ट उपहार में दी। दूसरे दिन सुबह मुंबई से लौटते वक्त मैंने वही टी शर्ट पहन ली।

एयरपोर्ट पर किंगफिशर की एक स्टाफ ने मेरे ड्रेस सेंस की तारीफ की। किसी से ऐसी तारीफ मुझे पहली बार मिली थी।

वह बोली, "आपके टी शर्ट का कलर आपकी आँखों से मिलता है।"

इसके बाद तो अब मैं निश्चित तौर पर फिर किंगफिशर से यात्रा करूँगा।

□

2

छतों पर बंदर

अकसर मैं मजाकिया अंदाज में रहता हूँ—ज्यादातर अपनी टीनवाली छत से बंदरों के कूदने से आनेवाली आवाज के साथ। मैं अकसर आश्चर्य में पड़ जाता हूँ कि हिल स्टेशनों के घरों में जंग से लाल हुई टीन की छतें क्यों रहती हैं? छत बिस्कुट के टूटे-फूटे टीन जैसे दिखे, इस मानवीय इच्छा के अलावा इसके पीछे और क्या कारण हो सकते हैं? तो अच्छा, अब मुझे मालूम हो गया। ऐसी छतें बंदरों, लंगूरों, चूहों, बिल्लियों, कौवों, मैनाओं, मकड़ों और बिच्छुओं के फायदे के लिए होती हैं।

मैं मकड़ों की परवाह नहीं करता। वे कुछ नुकसान नहीं करते। बिच्छू दुष्ट दिखते हैं, लेकिन होते हैं बड़े सुस्त, जबकि राजस्थान के रेगिस्तानों में रहनेवाले लाल बिच्छू बहुत ही मनमोहक होते हैं। एक दिन मैंने एक बिच्छू को अपने तकिए पर झपकी मारते देखा। मुझे अपने लिए तकिया चाहिए था, इसलिए सो रहे जंतु को खिड़की से बाहर फेंक दिया और दोपहर के आराम के लिए चला गया। जहाँ तक संभव हो सकता है, मैं सहजीवी जंतुओं की जान नहीं लेता। बिल्लियों को इतनी आसानी से आहत नहीं किया जा सकता। रात में वे टीन की छत और लकड़ी की सीलिंग के बीच आ जाती हैं और वहाँ बसे चूहों-चूहियों के बीच तबाही मचा देती हैं। और अगर मैंने खिड़की खुली छोड़ दी तो अहले सुबह बंदरों को नाश्ते की टेबल पर जो कुछ मिलता है, उसे वे सफाचट कर जाते हैं।

कभी-कभार असमय उठ जाने के बावजूद मैं देर तक सोना पसंद करता हूँ। खासकर जाड़े की सुबह, जब बादलों, कुहासों या बूँदाबाँदी को बेधने के लिए सूर्य संघर्ष करता होता है। बिछावन मेरे लिए बहुत ही पसंदीदा जगह है और अगर मैं पहले जग भी गया तो रजाई और कंबल के अंदर रहकर, बाहर जो कुछ हो रहा होता है, उसका आनंद उठा सकता हूँ। मेरे सामनेवाली खिड़की से बाहर बादल या साफ आसमान दिखाई पड़ता है। पीछेवाली खिड़की से ऊपरी लैंडोर और ढलान के मकान दिखते हैं, दूर वाली खिड़की से ओक वृक्षों की झाड़ी देख सकता हूँ, और अगर मैं बिछावन पर बैठ जाऊँ तो सड़क और उसपर चलते लोगों को देख सकता हूँ।

लेकिन पहले चर्चा बिछावन की, जहाँ से मेरा दिन शुरू और समाप्त होता है। बिछावन के बारे में कहने को बहुत कुछ है। हम अपनी आधी जिंदगी तो इसी बिछावन पर लंबा होकर गुजारते हैं। बिछावन पर सोकर गुजारे गए समय का हिसाब आदमी-दर-आदमी अलग-अलग होता है।

'यात्री पाँच घंटे सोता है, स्कॉलर सात घंटे, व्यापारी आठ घंटे और हर मूर्ख-बदमाश ग्यारह घंटे।'

यह एक पुराना मुहावरा है। इस मुहावरे के पीछे बहुत गहरा अर्थ छुपा हुआ है। मैं निश्चित तौर पर व्यापारी और मूर्ख-बदमाशों के बीच की श्रेणी में आता हूँ। एक समय था, जब मुझे जल्दी जग जाना, और देर से सोना पसंद था। अगर मैं मध्यरात्रि के पहले सो जाऊँ, तो सुबह जल्दी जग जाऊँगा। मध्यरात्रि के पहले एक घंटा सोना बाद में दो घंटे सोने के बराबर है। जब चाँद ऊपर होता है, तो रात का अपना मजा होता है। लेकिन सुबह दो या तीन बजे यह मजा नहीं मिल सकता, क्योंकि रात दस बजे के बाद तो बिल्ली, चमगादड़, चूहे भी सो जाते हैं। गरमी के दिनों में पौ फटते ही चार से पाँच बजे के बीच पक्षियों की चहचहाहट शुरू हो जाती है। जग जाने तथा शारीरिक व मानसिक व्यायाम का यह अच्छा समय है।

एक सुबह मैं पाँच बजे जग गया। कई पेज लिख डाले। अपनी खिड़की

खोली और बादलों का कतरा निगल गया। खिड़की बंद की, मन को शांत किया और बिछावन पर लौट आया—जहाँ बीना, डॉली या परिवार के किसी दूसरे सदस्य द्वारा बनाई गई चाय का प्याला मिल जाता है। भला, सुबह की इस एक कप चाय के बिना क्या मैं इतने सालों तक जी पाता? बिना चाय के, सुबह ऊबाऊ हो जाती है, अंतहीन बंजर की तरह। चाय नहीं मिले तो मैं उठ नहीं पाऊँ। सुबह का नाश्ता, दोपहर और रात का भोजन लेने से इनकार कर दूँ, और खत्म हो जाऊँ। पिछले पचहत्तर सालों की अपनी जिंदगी में पीछे मुड़कर देखने पर मुझे कोई ऐसा दिन याद नहीं आता, जिस दिन मुझे सुबह की यह चाय नहीं मिली हो। हाँ, बोर्डिंग स्कूल के दिन जरूर अपवाद हैं। वहाँ चाय नहीं मिलती थी। अब आप जान गए होंगे कि मैं वहाँ से क्यों भागा!

सुबह उठकर अपनी चाय खुद बनाने में भी मजा नहीं आता। मुझे चाय किसी स्नेही पुरुष, महिला या बच्चे से मिलनी चाहिए—जो सबसे पहले उठे और मुझे भी जगाए कि अब मुझे भी उठ जाना चाहिए।

अब तक मैंने जो चाय पी है, उसमें सबसे बेहतरीन चाय एक पूर्व कैदी की बनाई हुई थी। कई साल पहले यह पूर्व कैदी देहरादून में मेरी मकान-मालकिन के घर काम करता था। उसने मुझे बताया कि जब वह जेल में था तो उसे वार्डन के लिए चाय बनाने का काम सौंपा गया था। उसकी चाय की तारीफ इतनी अधिक हो गई थी कि सजा भुगत लेने के बाद भी उसे वहाँ से जाने नहीं दिया गया। तब फिर, आखिर उसे जेल से मुक्ति कैसे मिली? दरअसल, मेरी मकान-मालकिन जेल सुपरिंटेंडेंट की पत्नी थी। तो आप जान गए होंगे कि वह हर काम सिस्टम से करती होगी!

मैं कुछ दिनों के लिए लंदन में था। वहाँ मेरी मकान-मालकिन एक यहूदी महिला थी। वह मेरे लिए ट्रे में नाश्ता लाया करती थी। पता नहीं, इस तरह की सभ्य संस्कृति आज भी बची है कि नहीं! 1950 के दशक में इंगलिश खाना बहुत मजेदार नहीं हुआ करता था। उसमें भारतीय कढ़ी और चाइनीज नुडल्स नहीं होते थे। लेकिन नाश्ता हमेशा अच्छा होता था—फ्रांसिसियों

द्वारा परोसे जाने वाले रूखे-सूखे भोजन से तो बेहतर ही होता था। बेकन और अंडे, टोस्ट पर मुरब्बा, कभी-कभार किप्पर, सॉसेज, हैम का स्लाइस, ग्रेपफूट···एक व्यस्त दिन की शुरुआत के लिए इससे अधिक और क्या चाहिए? और यहाँ तक कि आज भी, जब मेरी कोई खास व्यस्तता नहीं है, मैं लंच या डिनर तो छोड़ सकता हूँ, लेकिन ब्रेकफास्ट ठीक-ठाक लेता हूँ।

तो अंततः मैं बिछावन से बाहर आकर ब्रेकफास्ट का मजा ले रहा हूँ। बच्चे स्कूल चले गए हैं और घर में सन्नाटा पसर गया है। अब रस्किन बॉण्ड की दिनचर्या शुरू होने वाली है। मुझे कविता या कहानी लिखने या फिर इन पन्नों को असंगत विचारों से भर देने की आजादी है। लेकिन पहले कपड़े पहन लूँ।

मैं कपड़ों के लिए बहुत आग्रही नहीं रहा हूँ। लेकिन बिना साफ शर्ट पहने दिन की शुरुआत नहीं कर सकता। जब मैं संघर्षशील युवा लेखक था, उस दौरान मेरे पास दो शर्ट से अधिक नहीं होती थीं। लेकिन मैं हर रात, उनमें से एक को साफ करता था, इस उम्मीद में कि सुबह तक वह सूख जाएगी। यहाँ तक कि आज भी मेरा वार्डरोब कोई बहुत बड़ा नहीं है। आस-पास के बंदरों की सेना रहते यह संभव भी नहीं है। अगर आपको कोई बंदर नीले और पीले चेक का शर्ट पहने दिखे तो कृपया उसे मुझे वापस दिलाने की कोशिश कीजिए। यह मेरी बहुत ही पसंदीदा शर्ट थी। हिल स्टेशनों में कपड़ों को सूखने के लिए छत पर डाल देना आम बात है। लेकिन इसकी सलाह नहीं दी जानी चाहिए। कुछ दिन पहले ही, पूरब से हवा का एक तेज झोंका आया और मैंने अपने पायजामे को नीचे पहाड़ी पर ओक के पेड़ पर झूलते हुए पाया। वह तो भला हो, ग्वाले के बेटे का जिसने पेड़ पर से मेरा पायजामा लाकर मुझे वापस दे दिया। दरअसल, वह ओक के पेड़ों पर चढ़ने का अभ्यस्त है। ग्वाले का बेटा परीक्षा नहीं पास कर सका है। लेकिन जब तक वह पेड़ पर चढ़ सकता है, उसका जीवन सफल है। हर कोई अपना सामान वापस पाने के लिए उसकी मदद चाहता है। निश्चित तौर पर वह अपना

बाकी जीवन पेड़ पर चढ़ते हुए नहीं बिता सकता। लेकिन, इस कला और उद्यम के सहारे वह जिंदा रह सकता है।

सोने और नाश्ते के बारे में बहुत बातें हो चुकीं। अब शुरू होने वाली दिन की लंबी यात्रा के बारे में बताता हूँ। आखिर यह बूढ़ा लेखक लिखने कब बैठेगा? या फिर वह सिर्फ अपने सेक्रेट्री को डिक्टेट करता होगा या किसी मशीन वगैरह की मदद लेता होगा? काश, ऐसा ही होता, क्योंकि मैं ठहरा एक आलसी किस्म का लेखक। मुझे बाहर जाने के बजाय बिछावन पर रहना ज्यादा भाता है। दुर्भाग्यवश, अगर मैं कहानी सुनाना चाहता हूँ तो मेरे कंठ बंद हो जाते हैं। मैं बोल नहीं पाता। या फिर टेलीफोन अथवा सेलफोन पर बात करने जैसा साधारण काम भी नहीं कर पाता।

हाल में डॉली मेरे लिए एक मोबाइल फोन खरीद लाई। उसने बताया कि इससे मैं ज्यादा सक्षम और अप-टू-डेट हो जाऊँगा। मैंने इस मोबाइल से फोन करने की कोशिश की, लेकिन जब कुछ नहीं हुआ, तो उसने कहा, 'दादा, आप इसे उलटा पकड़े हुए हैं! इसे ठीक तरीके से पकड़कर मैंने फिर कोशिश शुरू की, और फिर जब कुछ नहीं हुआ, तो उसने कहा, 'यहाँ नहीं, आपको खिड़की के पास जाना पड़ेगा।'

मैं आदेश मानकर चला गया और फिर कोशिश करने लगा। लेकिन भाग्य ने फिर साथ नहीं दिया। तब डॉली ने आदेश दिया, 'खिड़की खोलिए।' आदेश मानकर मैंने खिड़की खोल दी। सेलफोन में जरा सी चरचराहट हुई। 'खिड़की के बाहर देखिए।' मैं बाहर देखने लगा। सड़क पर स्कूल जा रही लड़कियाँ मुझे देखने लगीं कि मैं उनपर क्यों नजर गड़ाए हुए हूँ। हाथ हिलाते हुए मैंने कहा, 'गुड मॉर्निंग गर्ल्स'। इतने में सेलफोन पर रूखी आवाज आई, 'यहाँ कोई लड़की नहीं है। यह लोकल थाना है।'

मैंने मोबाइल डॉली को दे दिया। उसे अपनी सहेलियों से बात करने या उनकी बातें सुनने में कोई परेशानी नहीं हो रही थी। मैं ऐसी चीजों का इस्तेमाल नहीं कर पाता। मुझे सिर्फ इनके बिल का भुगतान करना आता है।

मैं पूरे तौर पर लिखित शब्दों का आदमी हूँ। मुझे पेन और कागज दीजिए, मैं कुछ-न-कुछ लिख डालूँगा, भले ही वह सब सिर्फ मेरे मन-बहलाव के लिए ही क्यों न हो!

एक उम्रदराज पाठक ने एक बार कहा, 'आप कैसे बिना किसी बात के इतना अधिक लिख डालते हैं?'

मेरा जवाब था, 'सभी चीजों के बारे में कुछ नहीं लिखने से तो यह बेहतर है!'

मेरे डेस्क पर घूम रही लाल चींटी का भले ही दुनिया के लिए कोई महत्त्व नहीं हो, लेकिन मुझे तो इससे दुनिया के बारे में बहुत सारी जानकारियाँ मिलती हैं। इससे उद्योग, एकांगीपन, अभिकल्पना की जटिलता, प्रकृति की संपूर्णता व सृष्टि के चमत्कार का पता चलता है। इतनी जानकारी मिलती है कि इसने मुझे एक कविता लिख डालने के लिए प्रेरित कर दिया :

वीरान मेज पर रेंगती चींटी
वीरान मेज पर रेंगती चींटी
किताबों और कागजों को दबाते हुए,
घूमती रहती हो, दीवार से नीचे, फर्श के पार।
छोटी लाल चींटी, खुले दरवाजे के पास,
बूँदों के सागर को कर रही है पार।
तुम्हारी नियति, तुम्हारा काम
सूरजमुखी के उस भारी बीज को
ढोकर लाना घर तक
लहराते हुए विजय पताका के समान।

जटिल जीवन-चक्र में कुछ भी महत्त्वहीन नहीं है। कुछ भी बिना परिणाम का नहीं है।

□

3

नीला छाता

छत पर भाँगड़ा करनेवाले इन बंदरों के प्रति मैं पूरी तरह सहिष्णु हूँ। लेकिन जब वे मेरे कमरे में घुसपैठ करने लगते हैं, तो मैं प्रतिरोध कर बैठता हूँ। बहुत पहले की बात नहीं है, एक दिन मैंने अपने बाथरूम का दरवाजा खोला तो वहाँ एक विशाल रेसस बंदर को पॉटी के ऊपर बैठे देखा। बंदर पॉटी का इस्तेमाल नहीं कर रहा था—दरअसल बंदर मुंडेर पर पॉटी करना पसंद करते हैं। लेकिन उसे यहाँ बैठना आरामदायक लग रहा था। मैंने जब विनम्रतापूर्वक उससे चले जाने का आग्रह किया तो उसने तख्त खाली करने का कोई संकेत नहीं दिया। इसलिए मुझे धौंस दिखानी पड़ी। मैंने पूरी आवाज के साथ दरवाजे को बंद कर उसे डरा दिया। कभी-कभार धौंस काम आ जाती है। वह खुली खिड़की से भाग गया और पहाड़ी की ओर उसे अपने भाई-बंधु मिल गए।

एक दूसरे मौके पर, इसी प्रजाति की एक बँदरिया ने मेरे डेस्क पर बैठकर फोन का रिसीवर उठा रखा था। लग रहा था कि वह अपने किसी दूर के रिश्तेदार को एस.टी.डी. कॉल कर रही हो। कुछ महिलाओं को फोन पर लंबी बातें करने की आदत होती है। मैं इसमें विघ्न नहीं डालता। लेकिन मैं अपने प्रकाशक से बात करने को लेकर चिंतित था। वे चाहते हैं कि उनसे पहले बात कर ली जाए। इसलिए मैंने उसे पंखवाले डस्टर से धक्का दिया। इसपर वह इतना अधिक गुस्साई कि मेरी टेलीफोन डायरेक्टरी को फाड़कर टुकड़े-टुकड़े कर डाले और कागज के टुकड़ों को सड़क पर बिखेर दिया। मैं चूँकि लंबे समय से ऐसा

करना चाहता था, इसलिए उसकी ढिठाई की प्रशंसा किए बिना नहीं रह सका।

हमारे फ्लैट का किचन एरिया पूरी तरह से सुरक्षित है। मुझे अपना नाश्ता छोटे या बड़े जंतुओं के साथ शेयर करना पसंद नहीं है। लेकिन हाल ही में एक दिन एक चतुर कौवा उड़कर अंदर आ गया और मेरा उबला हुआ अंडा लेकर चंपत हो गया। कौवों को दूसरे पक्षियों के अंडे पसंद हैं, यह मुझे मालूम था, लेकिन यह नहीं जानता था कि उन्हें उबला हुआ अंडा भी पसंद है! बहरहाल, वह अंडा चूँकि अभी खदबदा रहा था, इसलिए कौवे ने उसे सड़क पर फेंक दिया, जहाँ एक लावारिस कुत्ते ने इसे झपट लिया। सड़क के इस किनारे की रखवाली यही लावारिस कुत्ते करते हैं।

भयानक रूप से भौंकते हुए कुत्ते बंदरों की ओर दौड़े। बंदर आसानी से छलाँग लगाकर नजदीक के पेड़ों या छतों पर चले गए और ऊपर से नीचे की ओर देखते हुए निराश कुत्तों को ठेंगा दिखाने लगे। कुत्ते कभी किसी चीज को पकड़ने में कामयाब नहीं होते। एक कुत्ता सिर्फ किसी दूसरे कुत्ते को ही पकड़ पाता है। हालाँकि दूसरे इलाके से घुसपैठ करनेवाले श्वानीय जीवों पर ये तुरंत हमला बोल देते हैं और उन्हें खदेड़ देते हैं।

□

कपड़े पहनकर तैयार होने, नाश्ता करने और सुबह के दो-तीन पेज लिख लेने के बाद—सुबह-सुबह लिखने का सबसे अच्छा समय होता है—मैं बैंक, पोस्टऑफिस या चाय की दुकान जाने को स्वतंत्र हो जाता हूँ। अगर वसंत का मौसम होता है, तो मैं बनैला फूल खरीदता हूँ। मानसून रहा तो लीची लाता हूँ।

अच्छा! अभी मानसून का समय है और पिछले कुछ हफ्तों से हमने सूर्य को नहीं देखा है। बादल पहाड़ी को घेरे हुए हैं और हलकी-हलकी बारिश हो रही है। बचाव के लिए मैंने अपनी सुंदर पीली छतरी खोल ली है। यह कम-से-कम भूरे आकाश और गहरे हरे पहाड़ी दृश्य से कुछ अलग तो दिखती है। अभी तो आप बर्फ या अगला पहाड़ भी नहीं देख सकते।

सड़क पर आज अमृतसर के कुछ साहसी पर्यटकों को छोड़कर एक भी

व्यक्ति नहीं है। एक हृष्ट-पुष्ट पंजाबी को अपने गाइड से शिकायत करते हुए सुना—'तुम हम सबों को लंबी दूरी तय कराकर इस वीरान पहाड़ पर ले आए हो, और यहाँ हमें क्या दिखा रहे हो? कब्रिस्तान!'

सच में, पुराने सभी ब्रिटिश कब्रिस्तान ऐसे हैं कि इन्हें कुहासे में देखा जा सकता है। यहाँ के कुछ समाधिप्रस्तर दो सदियों से खड़े हैं। कब्रिस्तान के बगल में जो पादरी आवास है, उसमें अभी प्रख्यात एक्टर विक्टर बैनर्जी रहते हैं। कब्रिस्तान के बगल में रहने का वे आनंद उठाते हैं। एक रात उन्होंने मुझे अकेले कब्रिस्तान होकर घर लौटने की चुनौती दी। मैं कोई अंधविश्वासी नहीं हूँ, लेकिन कुहासे के कारण कब्रिस्तान में धुँधला दिखने से मुझे परेशानी हो रही थी। एक समाधिप्रस्तर के पीछे से निशाचर की चिल्लाहट आने पर मैं चौंक गया। इतने में झाड़ियों के झुरमुट की ओर से भयानक आवाजें आने लगीं। वास्तव में यह विक्टर की आवाज थी, जो या तो मुझे डराने के लिए चिल्ला रहे थे या फिर संभवतः ड्रैकूला का अगला रोल करने के लिए अभ्यास कर रहे थे। मैं दौड़कर भागने ही वाला था कि हमारे पीछे इलाके का एक बड़ा आवारा कुत्ता लग गया और मुझे घर पहुँचाने में उसने मेरा साथ दिया। अंधकारपूर्ण एवं भयावह रात में अगर अधभूखे संकरजातीय का भी साथ मिल जाए, तो वह स्वागत योग्य है।

दिन होते ही सड़क पर कोई आतंक नहीं था। लेकिन कुछ अलग तरह की परेशानियाँ थी। सड़क पर चार दस्कन के पास कुछ छोटे बच्चे फुटबॉल खेल रहे थे। बच्चों ने फुटबॉल मेरी ओर लुढ़का दी। पचास या उससे भी अधिक साल पुरानी, अपनी दक्षता को याद करते हुए मैं फुटबॉल को किक मारने से खुद को रोक नहीं पाया। मैंने शानदार किक मारी। गेंद बहुत दूर चली गई। बच्चों ने शाबाशी दी। हालाँकि बाद में दर्द के मारे मैं सड़क पर छटपटाता रहा। मैं भूल गया था कि मुझे गठिया की बीमारी भी है।

मुझे इस बात की खुशी है कि मैंने पेशे के रूप में फुटबॉल खेलने के बजाय लेखन को अपनाया। आज 75 साल की उम्र में भी मैं खुद को बिना

कोई नुकसान पहुँचाए लिख सकता हूँ।

□

जब मैं अच्छा महसूस कर रहा होता हूँ और सड़क पर अकेले होता हूँ, तो कभी-कभार गाने लगता हूँ। मेरे लिए गाने का सिर्फ यही मौका होता है, अन्यथा मेरी गायन-क्षमता दोस्तों को दुश्मन बना देती है।

मुझे अपने दोस्तों के घर गाने की इजाजत नहीं मिलती। अगर वे मुझे अपनी कार में ले जा रहे होते हैं, तो मुझे रास्ते भर चुप रहने को कहा जाता है। वरना, हम या तो रास्ता भटक जाते हैं या फिर किसी गाड़ी में टक्कर मार देते हैं। यहाँ तक कि घर पर भी मेरे गाने की आवाज से लड़कियों के हाथों से बरतन गिर जाते हैं और बच्चे होमवर्क करना बंद कर देते हैं।

जब कभी मैं करूजो के गीत 'चे गेलिडा मानिना'—तुम्हारा छोटा हाथ जम गया है—की नकल करना चाहता हूँ तो गौतम बोल पड़ता है, 'दादा फिर बीमार हो गए हैं।' जाड़े के दिनों में यहाँ हमारे छोटे हाथ जम जाते हैं और रक्तप्रवाह ठीक करने के लिए सांगीतीय तान जैसी कोई चीज नहीं है। निस्संदेह करूजो एक टेनोर-पुरुष स्वर था—लेकिन मैं डॉमिंगो या नेल्सन एडी की तरह बेरीटोन—पुरुष का धीमा स्वर और महान् रूसी गायक चालियापिन की तरह बास-पुरुष का सबसे धीमा स्वर—में भी गा सकता हूँ। कभी-कभार मैं इन तीनों स्वरों—टेनोर, बेरीटोन और बास, को मिला देता हूँ और जब ऐसा करता हूँ तो खिड़की के शीशे चकनाचूर हो जाते हैं या फिर कार कर्कश ध्वनि के साथ रुक जाती है।

बचपन में मेरी तमन्ना ओपेरा स्टार बनने की थी। लेकिन मैं स्कूल के गायक-मंडल से कभी आगे नहीं जा सका। संगीत शिक्षिका को मेरी आवाज पसंद नहीं थी।

वह चीख उठती थीं, 'बहुत तेज, बिलकुल बेसुरा!

मेरा जवाब था, 'करूजो तो ए-फ्लैट में गाता है।'

उन्होंने फटकारते हुए कहा, 'तुम्हारी आवाज गिटकिरी मेढक की तरह है।'

'और आप उसकी तरह दिखती हैं' मेरा जवाब था।

और यहीं पर कैजोक और सरप्लाइस से मेरा नाता टूट गया।

लेकिन जब कभी मैं खुली सड़क पर होता हूँ—खासकर जब वर्षा हो रही होती है, और सड़क पर मेरे सिवा कोई और नहीं होता तो फिर मैं गाने को स्वतंत्र रहता हूँ—मेरी आवाज चाहे कितनी भी तेज और बेसुरी क्यों न हो! अगर सड़क पर जा रही कारों के टायर चपटे हो जाते हैं, तो यह टायर का दोष है, न कि मेरे गायन का।

तो फिर आप भी सुनें—

'जब कभी आफत में रहो,
सिर उठाकर चिल्लाओ,
भला दिन आने वाला है!'

बुझते जोश को जगाने के लिए जोशीले गीत की तरह कुछ भी नहीं है। जब कभी मैं घुटन महसूस करता हूँ—मैं अपनी कुछ पुरानी बातों को याद करता हूँ और उन्हें पेड़ों, पक्षियों और यहाँ तक कि बंदरों के साथ शेयर करता हूँ।

'चिलचिलाती गरमी में हुई
राहत दिलाती वर्षा के बाद
खिले सूरजमुखी की तरह
मेरी प्रेरणा हो तुम!
भावमय संवेदनापूर्ण बात,
पर कारगर है यह।'

और इधर-उधर सड़क पर रोमांस की संभावना बराबर बनी रहती है—

'किसी मोहक शाम
भीड़ भरे कमरे के पार
किसी अनजान से
होंगी आँखें चार!'

वास्तव में मैं भीड़ भरे कमरे की तुलना में घुमावदार सड़क को पसंद करता हूँ। जब सड़क पर बहुत अधिक लोग नहीं होते, तब वहाँ रोमांटिक टकराव की संभावना ज्यादा रहती है। जैसाकि पिछले दिन हुआ, जब मैं अपने नए छाते को खोलकर पसंदीदा गीत 'सिंगिंग इन रेन' गाते हुए सड़क पर चहलकदमी कर रहा था।

कुछ दूर ही गया था कि सड़क पर आगे जाती हुई एक युवा महिला को देखा। वह मुझसे थोड़ी ही आगे थी। मेरा चश्मा भीगा हुआ और धुँधला था। लेकिन मैं मुसीबत में फँसी उस युवती की मदद के लिए सोच रहा था। हाँफते-दौड़ते मैंने उसे पकड़ लिया।

उसके सामने पेशकश की, 'मेरा छाता शेयर करें।'

'नहीं', वह बीस के आस-पास की सुंदर लड़की नहीं थी, जैसाकि मैं सोच रहा था। वह अस्सी के आस-पास की थी। लेकिन वह भुट्टा चबा रही थी। मतलब, उसके दाँत ठीक-ठाक हालत में थे। उसने मुझसे छाता ले लिया और मुझे बारिश में सराबोर होने के लिए छोड़ भुट्टा चबाते हुए आगे बढ़ गई। बाद में पता लगा, वह रिटायर्ड प्रधानाध्यापिका है।

हम जब चार दुकान पहुँचे तो उसने छाता लौटा दिया। लेकिन मैंने तय कर लिया कि अब भविष्य में सड़क पर कोई पेशकश आगे से देख लेने के बाद ही करूँगा। लोगों से भरे कमरे ही ज्यादा सुरक्षित हैं।

मानसून के मौसम में छाता निकालना पड़ता है और यह अकसर खो जाता है। पिछले साल मैंने तीन छाते खोए। एक किसी से माँगकर लाया था; और आप जानते हैं, माँगकर लाया गया छाता और किताब विरले ही लौटाए जाते हैं। रहस्यमय तरीके से यह माँगकर लाने वालों की स्थायी संपत्ति हो जाती है। दूसरा गुम हो गया, जब मैं बैंक में चेक भुना रहा था और तीसरे के बरबाद होने की कहानी बताता हूँ—

चार दुकान से लौटते हुए मैंने देखा कि दो भारी-भरकम लड़के बीच सड़क पर भीषण लड़ाई कर रहे हैं। एक किक बॉक्सर था तो दूसरा कूँग-फू

का प्रतिनिधि। इस भय से कि इनमें से एक तो बुरी तरह जख्मी होगा, मैंने बीच-बचाव करने का निर्णय लिया और उनकी ओर मुखातिब होकर बोला, 'आओ बच्चो, इसे तोड़ो!' मारपीट खत्म करने के मकसद से मैंने छाते को उनके बीच रख दिया। मेरे छाते को एक शक्तिशाली किक लगा और वह सड़क के उस पार मुँडेर पर जा फँसा। मेरी घबराहट पर हँसने के लिए बच्चों ने लड़ना बंद कर दिया। उनमें से एक ने मेरा छाता लाकर दिया, लेकिन बिना हैंडल का।

इस तरह, शांति स्थापित कराने में तो मैं कामयाब रहा—निश्चित तौर पर संयुक्त राष्ट्र से ज्यादा—हालाँकि व्यक्तिगत संपत्ति के नुकसान की कीमत पर। अस्तु! शांति स्थापित करानेवाले लोगों को थोड़ी असुविधा के लिए तैयार रहना चाहिए।

एमर्सन के द्वारा प्रतिपादित मुआवजे के सिद्धांत में मैं पूरी तरह विश्वास करता हूँ। अपने इस प्रसिद्ध लेख में एमर्सन ने लिखा है, 'अच्छा या बुरा, हम जो कुछ भी करते हैं, वह इसी जीवन में वापस मिल जाता है, न कि अगले जीवन में।'

ऊपर मैंने जिस घटना की चर्चा की है, उसके कुछ ही दिन बाद मेरे एक पुराने मित्र विपिन बख्शी एक सीजनल उपहार—नीले रंग के सुंदर छाते, के साथ मेरी देहरी पर खड़े थे। उन्हें सड़क के लड़कों वाली घटना के बारे में जानकारी नहीं थी, लेकिन उन्होंने मेरी कहानी 'द ब्लू अंब्रेला'—जो लालच को सदाशयता से खत्म करने की कहानी है—पढ़ी थी और उसी की प्रशंसा में मेरे लिए नीला छाता लाए थे। यह छाता भी खो न जाए, इसके प्रति मैं अब सावधान रहूँगा।

□

4

बैंक में भी बंदर

हाँ! वे बंदर बैंक में भी हैं। बैंक खुलने के पहले वे वहाँ पहुँच जाते हैं और छत को नुकसान पहुँचाने के लिए जितना कुछ हो सकता है, करते हैं; और फिर वे बैंक बंद होने पर आते हैं—मैनेजर के द्वारा आकर्षक तरीके से लगाए गए जिरेनिमस के पौधों को तोड़ने के लिए।

जैसे ही बैंक खुलता मैं भी वहीं मौजूद रहता। आमतौर पर सप्ताहांत होते-होते पैसा खत्म हो जाता है। मेरी जेब में मात्र पचास रुपए का एक कटा-फटा नोट था, जिसे मैंने सेलोटेप से ठीक करने की कोशिश की थी।

बैंक ठीक दस बजे खुल गया। दुर्भाग्यवश, बैंक में पैसा नहीं था। नहीं! यह पुराने मनसाराम बैंक की तरह दिवालिया नहीं हो गया था, गणेश सलिल के पास आज भी उसके पिता की इस बैंक की चेकबुक है, जिससे पता चलता है कि 1957 में उनके खाते में तीन सौ रुपए जमा थे। दरअसल, मेन ब्रांच से रुपया लेकर जो टैक्सी आती है, वह अप्रत्याशित रूप से पर्यटकों की बाढ़ आ जाने के कारण जाम में फँस गई थी। ऐसा अकसर होता है, क्योंकि मसूरी में सिर्फ दो ही रास्ते हैं और चार दुकान आने के लिए तो सिर्फ एक ही है।

बहरहाल, मैं मैनेजर के साथ चाय पीकर और कैशियर के साथ ताजा क्रिकेट मैच के बारे में बात कर समय बिता रहा था।

उनका कहना था कि मैच का रिजल्ट इस बात पर निर्भर करता है कि

टॉस कौन जीतता है। जबकि मेरा मानना था कि मैच वही टीम जीतती है, जो खेल के पहले वाली रात ठीक तरह से सोती है।

कैश सुरक्षित पहुँच गया और पैसा लेकर मैं धूप में बाहर आ गया। मेरी मुलाकात कुछ लड़कों से हुई, जो क्रिकेट बॉल के लिए पैसा माँग रहे थे। मैं उन्हें पचास रुपए का एक नया नोट (पुराना नोट कैशियर ने एहसान जताते हुए बदल दिया था) दिया और टॉम ऑल्टर क्रिकेट टीम के लड़कों के पास पहुँच गया। ये लड़के मुझे धोबी घाट टीम के खिलाफ खेले जानेवाले मैच में उनकी इनविटेशन XI टीम में शामिल होने के लिए कह रहे थे। (जो पास के मैदान में ही खेला जाने वाला था। रक्षा विभाग द्वारा इस क्षेत्र की घेराबंदी करने से पहले, क्योंकि क्रिकेट बॉल उनके ऑफिस में घुसकर कंप्यूटर तोड़ देती थी।)

अपनी उम्र को भूलकर, लेकिन 'दून हीरोज' टीम के अतिरिक्त खिलाड़ी के रूप में अपने पुराने दिनों को याद करते हुए, मैंने इस शर्त पर हामी भर दी कि फील्डिंग मेरी जगह कोई सब्स्टीट्यूट करेगा; अब मैं ट्वेल्थ मैन यानी अतिरिक्त खिलाड़ी नहीं रहा।

खैर, धोबी घाट टीम ने अच्छा स्कोर बना लिया था। जिस वक्त मैं सातवें नंबर पर बैटिंग करने आया, टॉम की इनविटेशन XI साठ या सत्तर रनों से पीछे थी। मेरे साथ टॉम दूसरी छोर से बैटिंग कर रहा था।

गेंदबाज (जो शहर में ड्राइक्लीनिंग की दुकान चलाता है) वास्तव में तेज गेंद फेंकता था। उसकी पहली गेंद मेरी कमर और छाती के बीच लगी। संयोग से मैंने वहाँ ठीक तरह से पैडिंग कर रखी थी, लेकिन मैंने तय कर लिया कि अब उसकी ड्राइक्लीनिंग की दुकान पर कभी नहीं जाऊँगा। दूसरी गेंद मेरे बल्ले के किनारे पर लगी और चार रनों के लिए बाउंड्री के बाहर पहुँच गई।

उत्साहित करते हुए टॉम ने कहा, 'वैल प्लेड, रस्किन!' और मैंने तय कर लिया कि अगली कहानी में एक अंश उसके बारे में लिखूँगा।

इसे पूरी तरह भूलते हुए कि मैंने अपनी जिंदगी में कभी कोई रन बनाया है, तीसरी गेंद को मैंने कवर की ओर ड्राइव किया और दौड़कर एक रन ले लिया। अब मैं दूसरी छोर पर हाँफ रहा था और मेरे पैर थरथरा रहे थे। आगे, टॉम ने गेंद पर बल्ला चलाया और रन लेने के लिए मुझे बुलाया! मैं जॉगर पार्क—लेंडोर कब्रिस्तान का नया नाम—में आराम से सो रही बहादुर आत्माओं के साथ जुड़ने को तैयार नहीं था, इसलिए अपनी क्रीज पर ही डटा रहा। टॉम अपने छोर से पिच की आधी दूरी तय कर चुका था, इतने में गेंद ने उसका स्टंप उड़ा दिया। वह रनआउट हो गया। पैवेलियन लौटते वक्त उसने मेरी ओर जिस भाव से देखा, उसमें उसके द्वारा निभाए गए नकारात्मक किरदारों की झलक साफ दिख गई।

बोल्ड होने के पहले मैंने एक और चौका लगाया और जब मैं 'पैवेलियन' लौटा तो टॉम ने पूरे खेलभाव के साथ कहा, 'तुम्हें लेखन ही करना चाहिए, रस्किन।' यह कहते हुए वह भूल गया कि मैंने उससे अधिक रन बनाए थे!

इसके बाद मुझे नाश्ते का पैसा देना पड़ा और पुरस्कार राशि के लिए भी चंदा देना था; जिसकी विजेता धोबी घाट टीम थी। इन सब के कारण मुझे बैंक बंद होने के समय से पहले एक बार फिर वहाँ जाने की जरूरत आ पड़ी।

☐

लंच के समय मैं घर पर था। गरम चपाती के साथ राजमा, सोयाबीन, कढ़ी और आम का आचार मुझे पसंद है। शनिवार होने के कारण बच्चे स्कूल के बजाय घर पर थे। हम सभी पेट भर खा रहे थे। सिर्फ गौतम भूख हड़ताल पर था, क्योंकि वायदे के अनुसार उसके लिए शनिवार को आइसक्रीम नहीं आई थी। तब उसके पापा आए और हम सबको कार से धनौल्टी ले गए, जहाँ पर्याप्त आइसक्रीम मिलती है।

वे दिन अब नहीं रहे, जब पिकनिक के लिए काफी तैयारियाँ करनी पड़ती थीं। लंच पैक करना पड़ता था और फिर उजाड़, गरम एवं धूल भरी सड़कों पर पैदल चलना पड़ता था। अब लोग पैदल नहीं चलते। वे अपनी

कार से भीड़भाड़ वाले पिकनिक स्पॉट पर पहुँच जाते हैं, जहाँ पर ढाबे उन्हें चाउमिन या पिज्जा उपलब्ध करा देते हैं। भारतीय भोजन ब्रिटेन में खूब लोकप्रिय हो गए हैं तो चाइनीज और इटालियन डिश भारतीयों की पसंद बन गए हैं। यह वैश्वीकरण आप सब के लिए है।

लेकिन मैं पुरानी पिकनिक को मिस करता हूँ। पहले पिकनिक इत्मीनान और आनंद के साथ होती थी। हमारे पास अधिक समय होता था और पिकनिक का मतलब था—पूरे दिन घर से बाहर रहना।

शिमला में हम लोग पिकनिक के लिए ब्रॉकहर्स्ट टेनिस कोर्ट—अब वहाँ अपार्टमेंट है—या जूटोग या समर हिल या फिर छोटा शिमला जाते थे, लेकिन जाको नहीं जाते थे, क्योंकि वहाँ सैकड़ों बंदर हमारे साथ होने के लिए मौजूद रहते थे।

देहरादून में हम लोग पिकनिक के लिए सल्फर स्प्रिंग या राजपुरा के निकट के पहाड़ या फिर टन्स या सुसवा नदी के किनारे जाते थे। आप मछली मारने के लिए रायवाला भी जा सकते हैं, जहाँ इसकी धारा गंगा में मिलती है। बंसी और अपने कुछ मित्रों के साथ मछली मारने मैं वहाँ गया था। लेकिन विशेषज्ञता हासिल न होने के कारण हम कुछ भी नहीं पकड़ सके। वहाँ कुछ सैनिक कैंप कर रहे थे। उन लोगों ने दर्जनों मछलियाँ पकड़ी थीं शायद विस्फोटकों से उन्हें डराकर। सैनिकों ने उदारतापूर्वक हम लोगों को बहुत सारी बड़ी-बड़ी सिंगरा मछली दीं। अपनी 'कामयाबी' के साथ हम देहरादून लौटे और अपने दोस्तों एवं पड़ोसियों को बंसी से मछली मारने के अपने कौशल से प्रभावित किया।

मसूरी में मॉसी फॉल है। इसके साथ ही कुछ और फॉल : कंपनी बाग, क्लाउड्स इंड, हॉण्टेड हाउसेज हैं, जो काफी दूर हैं। और फिर अगलर नदी का घाट है।

मैं दुबारा कभी अगलर नदी नहीं जाऊँगा, पैदल तो बिलकुल नहीं। यहाँ पहुँचने के लिए आपको 2000 से 7000 फीट की चढ़ाई करके तीन से चार

मील की दूरी तय करनी होगी। मैं कोई तीस साल पहले वहाँ कई स्कूली बच्चों के साथ गया था। लौटते वक्त हमने गलत रास्ता पकड़ लिया और रास्ता भूल गए—जब भी मैं इंचार्ज रहता हूँ तो अकसर ऐसा ही होता है। रात करीब दस बजे हम लोगों के पास चिंतित और तमतमाए अभिभावकों का दल पहुँचा। उनके साथ गाँव के लोग भी थे, जिन्होंने हम लोगों को नीचे उतरते देखा था। सौभाग्यवश चाँदनी रात थी और ढलाऊ व पथरीले रास्ते पर कोई दुर्घटना नहीं हुई।

उस रात हमें भूखे पेट सोना पड़ा।

दूसरे मौके पर, भरपूर पराँठा, तरह-तरह की सब्जी, अचार, उबले हुए अंडे और केले के साथ अपने दो दोस्तों—कुकु और दीपक—के साथ मैं अगलर पैदल गया। वहाँ पहुँचकर हम घास भरे टीले पर पसर गए। बिलकुल निर्मल ठंडा जल अपनी ओर खींच रहा था। हम लोगों ने अपने-अपने कपड़े उतारे और पानी में डुबकी लगा दी। बहुत मजा आया! कूद-फाँद करते हुए हम भूल गए कि हमारी खाद्य सामग्रियों के साथ क्या हो रहा है। तभी हम में से एक चिल्लाया, 'अरे बंदर!' कम-से-कम छह बंदर हमारे खाने को सफाचट कर रहे थे। दौड़े-भागे हम किनारे आए तब बंदर भागे। लेकिन अपने साथ बचे हुए पराँठे, अंतिम केला और करीब-करीब सारे अंडरवियर लेते गए। उन्होंने हमारे लिए केवल अचार छोड़ दिया था।

शहर लौटने पर हम काफी उदास थे। लेकिन हमें भूखे पेट नहीं सोना पड़ा। हमारे पास होटल में खाने के लिए पर्याप्त पैसे थे। उस वक्त मॉल पर नीलम नाम का एक प्रसिद्ध रेस्टोरेंट था। वहाँ हम सबने कबाब, कोफ्ता, टिक्का और तंदूरी रोटियों के साथ पूरा-पूरा आनंद लिया।

□

अब तक मेरे पाठक इस निष्कर्ष पर पहुँच गए होंगे कि बंदरों के द्वारा मैं निरंतर प्रताड़ित किया जाता रहा हूँ। मेरे प्रिय पाठक! आप कुछ गलत भी नहीं हैं, आज लिखने के वक्त भी मैंने देखा कि उनमें से एक बंदर खिड़की

की तरफ से मेरी ओर दाँत निपोरकर देख रहा है। सौभाग्यवश खिड़कियाँ बंद हैं और वह अंदर नहीं आ सकता। मैंने उसे जीभ चिढ़ाई और वह चला गया—मुझे अपने मित्रों एवं रिश्तेदारों से भी ज्यादा घिनौना समझते हुए।

लेकिन ऐसा हर बार नहीं होता। कुछ साल पहले, मैं जंगल किनारे मैपलवुड में रहता था। वहाँ कभी-कभार एक छोटी सी शरमीली बँदरिया मेरी खिड़की के पास आकर बैठ जाती थी और मैत्रीपूर्ण जिज्ञासा के साथ मेरा अध्ययन करने लगती थी। उसकी जाति की दूसरी बँदरियाँ आदमी के तौर पर मुझमें कोई दिलचस्पी नहीं दिखाती थीं। लेकिन यह बच्ची—मैं भी उसके बारे में उसे बंदर के बजाय आदमी मानकर सोचा करता था—हर सुबह जब मैं टाइपराइटर पर होता था, तो आ जाती थी और चुपचाप बैठ जाती थी। जब मैं कोई कहानी या लेख टाइप कर रहा होता था तो उसकी आँखें मुझे निहारती रहती थीं। शायद टाइपराइटर उसे मोहित करता था। मैं सोचता हूँ, शायद मेरी नीली आँखें उसे मोहित करती थीं, उसकी आँखें भी नीली थीं।

लड़कियाँ मुझ में रुचि लें, ऐसा अकसर नहीं होता। लेकिन मैं सोचता हूँ, यह छोटी बँदरिया मुझ पर मोहित थी! उसकी आँखें सौम्य व मोहक दिखती थीं और उसकी आवाज बहुत ही दबी हुई हँसी जैसी थी। मैं ऐसी ही आवाज में अंतरंग बातचीत करता हूँ। अगर मैं उसके पास जाता तो वह खिड़की के ठीक बाहरवाले अखरोट के पेड़ पर छलाँग लगा देती और मुझे भी वहाँ आ जाने का इशारा करती थी। लेकिन पेड़ पर चढ़ने के मेरे दिन बीत चुके थे। साथ ही मुझे उसके जोड़े और माता-पिता का डर भी लगता था।

एक दिन मैं अपने कमरे में आया और उसे अपने टाइपराइटर के पास पाया। वह टाइपराइटर की कुंजियों से खेल रही थी। उसने मुझे देखा तो खिड़की की ओर लौट गई और अपराध भाव से देखने लगी। मैंने अपने टाइपराइटर में लगे कागज को इस उम्मीद के साथ देखा कि मेरे लिए वह कोई संदेश तो नहीं छोड़ गई है? कागज पर कुछ यूँ लिखा हुआ था, —*!;!-1;:0—और यहीं टूट गया था। मैं आश्वस्त हूँ कि वह 'लव' (Love)

लिखने की कोशिश कर रही थी।

हालाँकि मैं कभी सच्चाई का पता नहीं लगा पाया और उस जाति के लोग यहाँ से चले गए। मेरी गर्लफ्रेंड को साथ लेकर। मैंने उसे फिर कभी नहीं देखा। शायद उन लोगों ने उसकी शादी कर दी हो!'

□

शादी की बात चली, तो सहानुभूति रखनेवाले मेरे पाठक मुझसे अकसर सवाल कर देते हैं कि मैंने शादी क्यों नहीं की? अब यह एक लंबी और दुःखद कहानी है, जिसे बताने की जगह यह नहीं है। लेकिन मैं अपने अंकल बर्टी की कहानी कहता हूँ कि उन्होंने शादी क्यों नहीं की—

एक नौजवान के रूप में अंकल बर्टी ईशापुर राइफल फैक्टरी में काम करते थे। ईशापुर कोलकाता से बिलकुल सटा हुआ है। आजादी से पहले ईशापुर में एंग्लो इंडियन और यूरोपियन समुदाय के बहुत सारे लोग रहते थे। इनमें से कई फैक्टरी में काम करते थे। अंकल बर्टी उतावले व्यक्ति थे। सड़क के पार रहनेवाली एक लड़की के लिए उन्होंने काफी प्रयास किया था और पास के आम, अमरूद के पेड़ों के पास काफी उछल-कूद करने के बाद उन्होंने उस लड़की से शादी करने को कहा। वह तत्काल से राजी हो गई। उसकी उम्र उनसे अधिक थी, उनसे ज्यादा लंबी थी और उसका फिगर था—46, 46, 46—मार्लिन डाइटरिच या मर्लिन मुनरो को उससे ईर्ष्या हो सकती थी। लड़की के माता-पिता राजी थे। पर बर्टी बॉण्ड ने जब अपने निर्णय पर फिर से विचार शुरू किया, तब तक सारी व्यवस्थाएँ हो चुकी थीं। वे हमेशा अपने निर्णयों पर दुबारा विचार करने के आदी थे। उनका संक्षिप्त प्रेमोन्माद खत्म हो चुका था। उन्हें आश्चर्य होने लगा कि इस लड़की में उन्हें पहली नजर में क्या दिखा था! उसे डांस करना पसंद था और बर्टी डांस नहीं कर सकते थे। पढ़ने के नाम पर वह सिर्फ 'हॉलीवुड रोमांस' जैसी फिल्मी मैगजीनें पढ़ती थी, जबकि बर्टी गोर्की और एमाइल जोला पड़ते थे। वह खाना नहीं बना सकती थी, न ही बर्टी बना सकते थे; और खानसामा रखना काफी

खर्चीला था। उसे शॉपिंग करना पसंद था और बर्टी का वेतन था—मात्र तीन सौ रुपए प्रतिमाह!

कार्यक्रमों की घोषणा हो चुकी थी, शादी का महान् दिन आ गया और दोस्तों, रिश्तेदारों और शुभचिंतकों से चर्च पट गया। पादरी अपना गाउन पहनकर शादी की रस्म पूरा करने को तैयार हो गए। दुलहन मौजूद थी। वह अपनी माँ की शादी वाले सफेद वेडिंग ड्रेस में सजी-धजी थी। लेकिन बर्टी का अता-पता नहीं था। आधा घंटा, एक घंटा, दो घंटा बीत गए। लेकिन दूलहे को खोजा नहीं जा सका।

वास्तव में वह कोलकाता भाग गए थे और भूमिगत हो गए थे। कुछ समय तक वे भूमिगत रहे। और फिर ईशापुर बंदरगाह में नौकरी पाने के लिए बाहर आए। हर कोई उनके लौटने का इंतजार कर रहा था। उनके मिलने पर उनके साथ क्या व्यवहार किया जाएगा, इसके बारे में सबके पास तरह-तरह के अपने-अपने दिलचस्प विचार थे। उनमें से कुछ तो आज भी उनका इंतजार कर रहे हैं।

ऑस्कर वाइल्ड ने कहा था, 'शादी एक ऐसा रोमांस है, जिसमें हीरो पहले ही अध्याय में मर जाता है।'

अंकल बर्टी ने प्रस्तावना में ही बाहर का रास्ता अख्तियार कर लिया था।

□

5

यदि चूहे दहाड़ सकते

यदि चूहे दहाड़ सकते,
हाथी भर सकते उड़ान
और पेड़ उगते नभ में,
बिस्किट खा बाघ करते मदिरापान,
और सबसे मोटे लोग भी उड़ सकते!

यदि गीत गाते पत्थर
तो घंटियाँ कभी न बजतीं।
यदि शिक्षक पोस्ट में खो जाते;
और कछुए सरपट दौड़ पाते,
तो हार को जीत सकते
दबंगों का बना पाते टोस्ट

यदि गाने से वर्षा होती
और बंदूक से खिलतीं कलियाँ
तो सबसे बेहतर होती हमारी दुनिया!

□

6

स्वीट-पीज की तलाश में

अगर कोई मुझसे लेख लिखने के लिए ताजमहल और ग्रीष्म ऋतु के अंतिम गुलाब में से किसी एक का चुनाव करने को कहे, तो मैं गुलाब पर लिखना पसंद करूँगा—भले ही उसकी अंतिम पंखुड़ी ही क्यों न बची रह गई हो! सुंदर, शीतल, सफेद संगमरमर मुझे भावशून्य बना देते हैं। गुलाब भावप्रवण बनाते हैं और खुशबूदार होते हैं। और प्राय: सभी फूल, जिन्हें मैं जानता हूँ चाहे वे जंगली हों या उपजाए गए, उनकी अपनी अलग विशिष्ट विशेषता होती है। अच्छी सुगंध हो या मोहित कर लेनेवाला रंग या स्वरूप की जीवंतता—हर फूल की अपनी-अपनी अलग विशेषता होती है। दुर्भाग्यवश, हिमालयी क्षेत्र में शरद ऋतु आ चुकी है और पहाड़ी इलाके अब भूरे और सूखे हो गए हैं। लाली सिर्फ पिंगल में देखने को मिलती है, जिसे चूना पत्थर की चट्टानों पर उपजाया जाता है। यहाँ तक कि मेरा छोटा उद्यान भी उजड़ा चमन नजर आ रहा है। सूर्य की गरमी में गेंदे के पौधे सूख गए हैं और कल मैं बीज इकट्ठे करूँगा। मानसून में खूब खिलनेवाले बीनस्टॉक की सिर्फ कुछ पीली पत्तियाँ और खाली बीन पॉड्स बचे रह गए हैं।

एक दिन मैंने खुद से कहा, 'ऐसे नहीं चलेगा। मुझे फूल जरूर चाहिए।' इधर पिछले सप्ताह देहरादून से लौटे प्रेम ने वहाँ के एक पब्लिक स्कूल के गार्डन में पूरी लाली के साथ उभरे स्वीट चीज के गुच्छों के बारे में बताकर मुझे और बेचैन कर दिया था। समतल इलाकों में बागबानी के लिए सबसे

अच्छा समय शरद ऋतु होता है। मुझे अपनी दादी के देहरादून स्थित घर में लदे-फदे विभिन्न फूलों की क्यारियाँ याद आ गई।

अब वहाँ न तो दादी हैं और न ही वह घर। लेकिन निश्चित तौर पर दूसरे सुंदर गार्डन भी हैं; और शायद मैं उस स्कूल जाऊँ, जहाँ प्रेम ने स्वीट-पीज देखे थे। पिछले बहुत दिनों से मैं उसकी सुगंध का आनंद नहीं उठा पाया हूँ।

मैं बस में सवार हो गया और दो घंटे की पूरी यात्रा में झपकी लेता हुआ गार्डन के बारे में सपना देखता रहा—अंग्रेजों के देहातों के कॉटेज गार्डन, फ्लोरिडा का ट्रॉपिकल गार्डन, कश्मीर का मुगल गार्डन, बेबीलोन का हैंगिंग गार्डन—ये सब कैसे होंगे मैं आश्चर्य करता रहा।

और तब हम देहरादून पहुँच गए थे। बस से उतरकर मैं धूलभरी, व्यस्त सड़क पर प्रेम के बताए स्कूल की ओर चल दिया।

स्कूल ऊँची दीवार से चारों ओर से घिरा हुआ था। मैं खेल का मैदान और स्कूल का भव्य भवन देख सकता था। थोड़ी दूरी पर रंगों की छितराहट दिख रही थी, शायद वहीं गार्डन हो। प्रेम की आँखों की रोशनी निश्चित तौर पर मुझसे बेहतर है।

बहरहाल, मैं लोहे के गेट तक पहुँच गया। यह गेट संभवत: मध्यकालीन किलों के साथ न्याय कर रहा था। गेट में सिकड़ और ताला लगा हुआ था। दूसरी ओर चुस्त और चौकस गार्ड राइफल के साथ खड़ा था।

मैंने पूछा, 'क्या मैं अंदर आ सकता हूँ।'

'सॉरी सर! आज छुट्टी का दिन है। स्कूल बंद है।'

'मुझे क्लास नहीं करनी। मैं स्वीट-पीज देखना चाहता हूँ।'

'किचन मैदान के दूसरी ओर है।'

'ग्रीन पीज नहीं, स्वीट-पीज। मैं गार्डन देखना चाहता हूँ। '

'मैं गार्ड हूँ।'

'गार्डन।'

'गार्डन नहीं, सिर्फ गार्ड।'

मैंने उसे समझाने की बहुत कोशिश की कि मैं इस स्कूल का पुराना छात्र हूँ और लंबे अंतराल के बाद इस शहर में आया हूँ। एक हद तक यह सही भी था, क्योंकि एक बार मेरा यहाँ एडमिशन हुआ था और केवल एक दिन स्कूल करने के बाद ही मैं पुराने स्कूल जाने की जिद करने लगा था। मेरी बातों का गार्ड पर कोई असर नहीं पड़ा। और शायद यह न्यायसंगत ही था कि अब इस गेट में मेरा प्रवेश वर्जित था।

निराश होकर मैं मुख्य सड़क की ओर चहलकदमी करने लगा। चहलकदमी करते हुए एक गैरेज, सिनेमाघर, सस्ते खाने की दुकानों और चाय की दुकानों से गुजरा। दुकानों के पीछे एक पार्क जैसा लग रहा था। लेकिन बिल्डिंगों, लोगों की भीड़ और सड़क पर आ-जा रहे ट्रकों व बसों के कारण उस ओर कोई साफ-साफ नहीं देख सकता था। लेकिन इस बार मैंने प्रवेश-द्वार देख लिया। इस बार वह बिना किसी के घेरे के था। चारों तरफ बहुतायत में उगे झाड़-झँखाड़ के बीच रास्ता था। मैं उसी रास्ते से, ठीक उसी तरह आगे बढ़ता गया, जिस तरह एलिस दीवार में लगे छोटे से गेट की सुनहरी चाबी मिलने के बाद आगे बढ़ता गया था। अंततः मुझे सुंदर सा छोटा गार्डन दिखाई दिया।

वैसे सच में वहाँ कोई स्वीट-पीज नहीं था और छोटा सा फव्वारा सूखा हुआ था। लेकिन आस-पास में चमकते पीले कैलिफोर्नियाई पोस्ते का ढेर लगा हुआ था!

जिस तरह वर्षा के बाद धूप दिखती है, ठीक उसी तरह वह नजारा दिख रहा था। नरगिस देखने के बाद वर्डसवर्थ का मन जिस तरह उछला होगा, ठीक उसी तरह मेरा दिल भी उछल रहा था। बाहर के लोगों को जिस तरह इस गार्डन से कुछ लेना-देना नहीं था, उसी तरह मैं भी बाजार और सड़क पर हो रहे हो-हल्ले से पूरी तरह बेखबर था। जैसे लंबे समय से यह मेरे आने का इंतजार कर रहा था।

मैं बहुत ही सौभाग्यशाली हूँ। मेरे साथ अकसर ऐसा ही होता है। दादी माँ अकसर कहा करती थीं, 'जब एक दरवाजा बंद होता है, तो दूसरा खुल जाता है।' और जब स्वीट-पीज के लिए एक गेट बंद था तो कैलिफोर्नियाई पोस्ते के लिए दूसरा गेट खुला मिला।

□

पेड़ आपको युवा बना देते हैं। और पेड़ जितने पुराने होंगे, आप उतना ही अधिक युवापन महसूस करेंगे।

देहरादून के व्यस्ततम चौराहे पर संतरी की तरह खड़े इमली के पुराने पेड़ की तरफ से होकर जब कभी मैं गुजरता हूँ तो वर्ष छोटे हो जाते हैं और मैं फिर से बच्चा बन जाता हूँ—लगता है पेड़ को घेरनेवाली रेलिंग पर बैठा हुआ हूँ और सड़क पार कर दादी इलाहाबाद बैंक जा रही है, जहाँ उन्होंने अपने पैसे जमा कर रखे थे।

बैंक अब भी यहाँ है, लेकिन आस-पास का नजारा बदल गया है। ट्रैफिक और शोर पहले की तुलना में काफी अधिक बढ़ गया है और मैं उन दिनों जिस तरह सड़क पर चहलकदमी करता रहता था, वैसी चहलकदमी करने का सपना आज नहीं पाल सकता। लोगों का दबाव भी काफी बढ़ गया है। लोगों को देखकर पिछले चालीस साल के दौरान इस शहर और उत्तर भारत के दूसरे शहरों की आबादी दस गुना बढ़ जाने का एहसास होता है। लेकिन इमली का पेड़ आज भी अपने को बचाए हुए है। जब तक यह पेड़ यहाँ बना रहेगा, इसकी जड़ें देहरादून की मिट्टी से चिपकी रहेंगी, तब तक मैं खुद को भी घाटी के इस पुराने शहर से जुड़ा महसूस करूँगा।

एक समय था, जब भारत के लगभग सभी गाँवों में बरगद का विशाल पेड़ हुआ करता था, जिसकी उदार छाया के नीचे स्कूल शिक्षक ओपन-एयर क्लास चलाया करते थे, गाँव के बुजुर्ग सामयिक बातों पर गहन विचार-विमर्श के लिए जुटते थे और सैलानी व्यापारी अपनी दुकान लगा लेते थे। इस महान् जगह पर रहनेवालों में गिलहरी, तरह-तरह के पक्षी, बड़े-बड़े तिलचट्टे

और चमगादड़ थे। बरगद के प्राचीन पेड़ आज भी देश के कई हिस्सों में पाए जा सकते हैं, लेकिन जैसे-जैसे गाँव नगर और नगर शहर बनते जा रहे हैं, बरगद के ये पेड़ धीरे-धीरे समाप्त हो रहे हैं। इसकी फैलावदार जड़ों के लिए काफी जगह और सहारा चाहिए, लेकिन आज जगह महँगी होती जा रही है।

अगर आपको बरगद का पेड़ नहीं मिले तो फिर शांति के साथ टहलने या दोपहर के आराम के लिए आम का बगीचा बहुत बढ़िया जगह है। पारंपरिक कलाकृतियों में, आम का बगीचा अकसर युवा प्रेमियों के मिलन-स्थान के रूप में दिखता है। लेकिन अगर आम पक रहे होते हैं तो फिर आम के बगीचों में प्राइवेसी नहीं रह जाती है। तोते, कौवे, बंदर और छोटे बच्चे दरबान से छुपकर घुसने की कोशिश करते रहते हैं। इन घुसपैठियों को डराने के लिए दरबान के पास सिर्फ खाली गैसोलिन का टिन होता है।

आम और बरगद के पेड़ पहाड़ों में नहीं उगते; हिमालयी ओक, चीड़ व देवदार पहाड़ों के जाने-माने पेड़ हैं। देवदार, जो संस्कृत शब्द देव-दार से बना है, का अर्थ भगवान् का पेड़ होता है। यह लेबनान के सेडार से मिलता-जुलता होता है और कुछ सौ वर्षों में ही बहुत अधिक ऊँचाइयों तक बढ़ जाता है। मसूरी के बाहरी इलाकों में, जहाँ मैं रहता हूँ, देवदार के कई विशाल पेड़ हैं। इन पेड़ों के कारण शहर बिलकुल युवा दिखता है। मसूरी सिर्फ 160 साल पुराना है और देवदार के पेड़ इससे कम-से-कम दुगुने पुराने हैं।

ये पेड़ आपस में मिल-जुलकर रहनेवाले स्वभाव के होते हैं। अपनों के साथ रहना इन्हें पसंद है। जब पहाड़ इनसे घिर जाता है तब वे मार्च पर निकले सैनिकों की तरह दिखते हैं : अपनी तरह की सेना जिसे पहाड़ों पर मार्च करना पसंद हो! हालाँकि दुनिया के आधे से अधिक जंगल समाप्त हो चुके हैं, लेकिन अगर मौका दिया जाए तो देवदार के पेड़ अभी लंबे समय तक बने रहेंगे।

दुनिया का सबसे पुराना पेड़ देवदार की प्रजाति का है, जो कैलिफोर्निया में है और पाँच हजार साल का माना जाता है। तो क्या इसी कारण कैलिफोर्निया

के निवासी इतने युवा दिखते हैं!

मैंने जो सबसे पुराना पेड़ देखा है, वह हिमालय के एक छोटे से शहर जोशीमठ में प्राचीन शहतूत का पेड़ है। इसे 'कल्पवृक्ष' के नाम से जाना जाता है। कहा जाता है कि हिंदू संत जगद्‌गुरु शंकराचार्य ने 16वीं सदी में इसी वृक्ष के नीचे ध्यान लगाया था। पुराने संत अकसर किसी ऐसे वृक्ष की तलाश करते थे, जिसके नीचे वे ध्यान लगा सकें। बुद्ध ने वटवृक्ष का चुनाव किया था, जबकि हिंदू तपस्वियों को पीपल के वृक्ष के नीचे आलथी-पालथी मारकर बैठे हुए देखा जा सकता है। गरमी के दिनों में पीपल बहुत ही उपयुक्त होता है, क्योंकि इसका इकहरा हृदय के आकार के पत्ते वृक्ष के नीचे तपस्या कर रहे विचारक को शीतल छाया उपलब्ध कराते हैं।

व्यक्तिगत रूप से मैं तपस्या की अपेक्षा चिंतन-मनन को पसंद करता हूँ। मुझे शहतूत के पेड़ के पीछे खड़े उसका अध्ययन करने में आनंद आता है। हालाँकि यह कोई लंबा पेड़ नहीं होता, लेकिन इसका घेरा अद्‌भुत होता है। मसूरी के मेरे तीन कमरे के फ्लैट के लिए यह पूरी तरह सटीक बैठता है। इसके पीछे का छोटा सा मंदिर और छोटा दिखता है और इसकी उभरी जड़ों में बच्चे खूब खेलते हैं।

जैसाकि मैं बता चुका हूँ, पेड़ों के नीचे ध्यान करना मुझे पसंद नहीं। दरअसल, मैं जब भी ऐसा करने की कोशिश करता हूँ तो मेरे साथ कुछ-न-कुछ घटित हो जाता है। मुझे नहीं पता, संत लोग कैसे निपटते हैं! मेरे पास अगर बंदर आकर टकटकी लगाकर देखने लगते हैं, तब मेरे लिए चिंतन में लगा रहना बड़ा कठिन हो जाता है। इसी तरह अगर कोई पुरानी बात दिमाग में कौंधने लगे या फिर देवदार की टहनियों से पराग के गुच्छे आकर मेरी शर्ट पर गिर जाएँ या जहाँ मैं बैठा हूँ, वहाँ से कुछ फीट ऊपर बैठकर कोई कठफोड़ा पेड़ की डाल की ठुकाई करने लगे, तो फिर मैं ध्यानमग्न नहीं रह सकता। मुझे तो लगता है कि संत पुरुष ऐसी कारगुजारियों के प्रति पूरी तरह निस्पृह होते हैं। मैं तो महज एक प्रकृति-प्रेमी हूँ। मेरे पैर के नीचे अगर एक

इल्ली भी आकर रेंगने लगे तो मेरा ध्यान भंग हो जाता है।

इसलिए में दूर रहकर पेड़ों की प्रशंसा करता हूँ, जिन्हें आर.एल. स्टीवेंसन ने अपनी एक कहानी में उन्हें दूसरे ग्रह से आए 'हरी टोपी पहने लोग' कहा था। खासतौर पर पुराने पेड़ों को। इन्होंने बहुत सारे लोगों को आते-जाते देखा है और उन्हें मालूम है कि मैं तो सिर्फ 75 साल का लड़का हूँ और संत बनने की मेरी कोई महत्त्वाकांक्षा नहीं है।

□

7

प्यारी मैना 'डिक्की'

मेरे दादा के जमाने में भारत आए ब्रिटिश सैनिक पालतू जानवरों के बड़े शौकीन हुआ करते थे। ऐसे बहुत ही कम बैरक थे, जहाँ पालतू जानवर न हों। यूँ तो कुत्ते और बिल्ली का होना आम बात थी, लेकिन पक्षी भी काफी पसंद किए जाते थे।

एक उदाहरण तो ऐसा भी है जहाँ एक पक्षी न सिर्फ बैरक बल्कि पूरे रेजिमेंट का दुलारा था। उस पक्षी के मालिक मेरे दादा प्राइवेट बॉण्ड थे। जो सैनिक के रूप में ब्रिटिश राजा की अपनी स्कॉटिश राइफल्स के साथ भारत आए थे।

जिस पक्षी की मैं चर्चा कर रहा हूँ, वह एक मैना थी। मैना आमतौर पर भारत में हर जगह पाई जाती है। मेरे दादा ने उसका नाम अपने पसंदीदा लेखक के नाम पर 'डिकेंस' रखा था। डिकेंस जब बहुत कम उम्र की थी, उसी वक्त मेरे दादा के पास आ गई थी। बहुत जल्द ही वह मेरठ बैरक के सभी जवानों की चहेती बन गई। मेरठ बहुत गरम और धूल भरा शहर था। वहाँ का खाना बहुत ही मजेदार पर मसालेदार होता था। कमांड के जनरल गुस्सैल और चिड़चिड़े थे। बैरक में रहनेवालों के लिए पालतू जानवरों को पालना, एक तरह से मनोरंजन का एकमात्र साधन था।

डिकेंस या संक्षेप में 'डिक्की' को बहुत कम उम्र में ही पालतू बना लिया गया था। इस कारण वह खुद के लिए दाना बीनना नहीं सीख पाई थी।

वह बिलकुल छोटे पक्षी की तरह थी। वह मेरे दादा के हाथों से खाती थी। दूसरे लोग भी उसे इसी तरह खिलाते थे। डिकेंस को जब कभी भूख लगती थी तब वह दादा के कंधे पर बैठकर पंख फड़फड़ाने लगती थी और चोंच खोलकर खाना माँगती थी।

डिक्की को कभी पिंजड़े में नहीं रखा गया। ज्यों ही वह उड़ने लायक हुई, सभी परेडों में शामिल होने लगी। वह राशन बँटते देखती थी। जवान अगर किसी काम से बाहर निकलते थे, तब वह उनके साथ जाती थी। यहाँ तक कि अगर सैनिक किसी गाँव में जाते थे, तब भी वह एक कंधे से दूसरे कंधे और एक पेड़ से दूसरे पेड़ पर होते हुए उनके साथ रहती थी। लेकिन हाँ, इस क्रम में वह अपने दुश्मन बाज पर सख्त निगाह रखती थी।

कभी-कभी वह घुड़सवार अधिकारी को अपना साथी बना लेती थी, लेकिन युद्धाभ्यास खत्म होते ही वह फिर से दादा के कंधों पर आकर बैठ जाती थी।

एक दिन जनरल इंस्पेक्शन होनेवाला था। कर्नल ने डिक्की को पिंजड़े में बंद रखने का आदेश दे रखा था ताकि वह परेड के दौरान दिखाई न पड़े।

कर्नल ने गुर्राकर कहा, 'इसे कहीं दूर ले जाकर बंद कर दो बॉण्ड! हम इसे परेड ग्राउंड में फड़फड़ाने नहीं देंगे।'

डिकेंस को स्टोररूम में रख दिया गया जिसके दरवाजे और खिड़कियाँ बंद थीं। लेकिन जब इंस्पेक्शन हो रहा था, उसी वक्त मैस का चपरासी आया और उसने दरवाजा खोल दिया। दरअसल उसे स्टोररूम से कुछ लेना था।

इतने में डिकेंस उड़ गई और सीधे पहुँच गई परेड ग्राउंड। मुक्त हो जाने से वह काफी उत्साहित थी और जोर-जोर से चहचहा रही थी।

डिक्की को निश्चित तौर पर मालूम था कि उसे बंद करके रखने में कर्नल का हाथ है। बहरहाल, जो भी कारण हो, वह सीधे कर्नल के हेलमेट के पंख के बीच जाकर बैठ गई।

यहाँ आकर वह और जोर-जोर से चहचहाने लगी। कर्नल इसे देखकर

स्तब्ध था। मैना उतरती, इसके पहले उसे अपना हेलमेट उतारना पड़ा।

गुस्से से तमतमाते हुए जनरल ने पूछा, 'यह क्या किया डिकेंस!' दरअसल, डिक्की ने जनरल के हेलमेट के पंखों के बीच में बीट कर दी थी।

इस बीच अपनी और शिकायतें दर्ज करने डिक्की कर्नल के कंधे पर जाकर बैठ गई। इसे देखकर सभी जवान आनंदित हो गए।

कर्नल ने चिल्लाकर कहा, 'इधर आओ बॉण्ड! भगवान् के लिए इसे कहीं दूर ले जाओ। मैं इसे फिर नहीं देखना चाहता!'

हतोत्साहित प्राइवेट बॉण्ड डिक्की को लेकर बैरक लौट आए। वे इस सोच में डूब गए कि अब आगे क्या किया जाए! डिक्की को छोड़ने या फिर उसे पिंजड़े में बंद करने का सवाल ही नहीं था।

लेकिन डिकेंस को चाहनेवाले सिर्फ दादा ही नहीं थे। वह पूरी बटालियन में काफी लोकप्रिय थी। अंत में उन्होंने अपने कैप्टेन से यह कहने का निश्चय किया कि वे उन्हें कर्नल के पास ले चलें, ताकि वे डिक्की की करतूतों के लिए माफी माँग सकें।

कर्नल ने प्राइवेट बॉण्ड और कैप्टेन की बातें शांतिपूर्वक सुनी। कर्नल ने अपने अधिकारियों से सलाह-मशविरा किया और अंत में तय हुआ कि मैना यहाँ रह सकती है, बशर्ते उसे रेजिमेंट में कार्यरत सदस्य मान लिया जाए।

डिकेंस की यह लोकप्रियता कोई चौंकानेवाली बात नहीं थी। दरअसल, वह काफी तीव्र बुद्धि की थी। वह दूसरी रेजिमेंट के लोगों और अपनों के बीच अंतर करके सिर्फ स्कॉटिश राइफल्स के साथ ही रहती थी। यहाँ तक कि ड्रिल के समय भी वह इस मामले में कभी कोई गलती नहीं करती थी, जबकि उस समय बीस रेजिमेंट के जवान वहाँ होते थे।

कैंप के एक भाग से दूसरे में जाने का डिकेंस का अपना अनोखा तरीका था। कैंप के ऊपर से उड़कर जाने के बजाए वह खंडों में एक टैंट से दूसरे टैंट, बहुत धीमी गति से उड़ते हुए, हर टैंट में कुछ देर ठहरकर और फिर

झाँककर यह देखते हुए कि कहीं कोई बाज तो नहीं है, आगे बढ़ती थी।

मलेरिया हो जाने के कारण मेरे दादा को एक दिन अस्पताल में भरती कराया गया। डिक्की उन्हें कहीं नहीं देख पा रही थी। चिंतित डिक्की दादा को कैंप में हर जगह खोजती फिर रही थी। अस्पताल बैरक से कुछ किलोमीटर दूर था। आखिरकार, तीन दिनों की तलाश के बाद डिकेंस अस्पताल पहुँच ही गई। उसने दादा को वहाँ सोया हुआ पाया।

इसके बाद दादा जब तक अस्पताल में रहे, डिकेंस ने वहीं अपना डेरा जमाए रखा। दादा के बेड के पास एक अलमारी में हेलमेट उलटकर रख दिया गया था जिसके अंदर डिकेंस रात गुजारती थी। दादा ज्योंही अस्पताल से डिस्चार्ज हुए, डिकेंस भी वहाँ से चल दी और इसके बाद फिर कभी नहीं आई, घूमने-फिरने के लिहाज से भी नहीं।

1888 में चीन लुशई अभियान में शामिल होने के लिए रेजिमेंट को कलकता होते हुए बर्मा जाने का आदेश मिला। सभी पालतू जानवरों को छोड़कर जाना था, और डिकेंस भी इसका कोई अपवाद नहीं थी।

लेकिन इस बारे में डिक्की की अपनी सोच कुछ अलग ही थी।

रेजिमेंट ने ग्रैंड ट्रंक रोड पर चरणों में अपना मार्च शुरू किया। रात में जवान आगे बढ़ते थे और दिन में कैंप में आराम करते थे।

डिकेंस तीसरे दिन कैंप में आ टपकी। वह तीन सौ किलामीटर की लंबी यात्रा करके यहाँ पहुँची थी, बुरी तरह थकी हुई और भूखी भी। क्योंकि उसे अब भी दादा के हाथ से ही खाने की आदत थी।

रूट मार्च और ट्रेन (भारत में ट्रेन तब शुरू ही हुई थी) से यात्रा कर बटालियन आखिरकार कलकता पहुँची। आदेश के उलट डिकेंस भी यहाँ से जवानों के साथ बर्मा के लिए रवाना हो गई।

जहाज पर डिकेंस फड़फड़ाते हुए खिड़की-दर-खिड़की झाँकते हुए अपने को व्यस्त रखती थी। उसे बड़ा मजा आता था। वह जहाज के डेक पर भी चली जाती थी और कभी-कभी तो समुद्र के ऊपर भी उड़ान भर लेती

थी। लेकिन एक दिन वह तूफान में ऐसी फँसी कि जहाज पर लौटना उसके लिए बहुत परेशानी भरा साबित हुआ। इसके बाद उसने उड़ान भरने का दुस्साहस करना बंद कर दिया।

डिकेंस पूरे अभियान में अपने रेजिमेंट के साथ रही। उसके कई साथी जवान युद्ध में मारे गए, लेकिन दादा और डिकेंस बचे रहे और सुरक्षित कलकता वापस लौट आए।

दादा अब नॉन कमीशंड ऑफिसर बन गए थे। उन्हें रेजिमेंट के दूसरे लोगों के साथ छह माह का अवकाश दिया गया। इसका मतलब था—जहाज से इंग्लैंड लौटना।

समुद्र–यात्रा के पहले खंड में डिक्की पूरी तरह ठीक–ठाक थी। लेकिन जहाज जब स्वेज कैनाल से आगे बढ़ा, तो मौसम अत्यधिक सर्द हो गया। अब उसे कैप्टेन के साथ जहाज के बाहरी सिरे या ब्रिज पर नहीं देखा जा सकता था। दादा के साथ जहाज के डेक पर जाने में भी उसकी दिलचस्पी नहीं रह गई। वह कबाड़ के ढेर में पर तोतों के साथ बैठे रहना पसंद करने लगी थी। जहाज जब जिब्राल्टर से आगे बढ़ा तो डिकेंस नीचे चली गई। वह दुबारा फिर कभी डेक पर नहीं आई।

डिकेंस को हंटली ऐंड पालमेर बिस्कुट के टिन में रखकर समुद्र में दफना दिया गया। हाँ! उसे सैन्य सम्मान के साथ तो नहीं, लेकिन दादा के बैगपाइपर से निकल रही 'द लास्ट पोस्ट' की धुन के साथ जरूर दफनाया गया।

□

8

टूटू के कारनामे

दादा ने मदारी से दस रुपए में टूटू को खरीदा था। उसके पास तीन बंदर थे। टूटू उनमें सबसे छोटी थी, लेकिन थी सबसे शैतान। उसे ज्यादातर समय बाँधकर रखा जाता था। सिकड़ और जंजीर में छोटी सी बँदरिया इतनी असहाय नजर आ रही थी कि दादा ने सोचा कि शायद उनके घर वह ज्यादा खुशी के साथ रह सकेगी। दादा को असामान्य जीव-जंतुओं को पालने का शौक था। यह एक आदत थी, जिसे मैं आठ-नौ वर्ष की उम्र में बढ़ावा देता था।

शुरू में दादी ने घर में बंदर रखने पर आपत्ति जाहिर की। उन्होंने दादा की बकरी, कई सफेद चूहे और छोटे कछुओं की ओर इशारा करते हुए कहा कि आपके पास तो पहले से ही इतने पालतू जीव-जंतु हैं।

इस पर मैंने कहा, 'लेकिन मेरे पास बंदर तो एक भी नहीं है।'

'तुम तो अकेले दो बंदरों के बराबर शैतान हो। घर में मैं बस एक लड़के को रख सकती हूँ।'

दादा ने उत्साह के साथ कहा, 'ओह, लेकिन टूटू कोई लड़का नहीं है। यह तो बँदरिया है, यानी छोटी लड़की!'

दादी मान गईं। वह घर में हमेशा से एक छोटी लड़की चाहती थीं। उनका मानना था कि लड़कों की तुलना में लड़कियाँ कम परेशानी पैदा करती हैं। लेकिन टूटू ने उनकी इस धारणा को गलत साबित कर दिया।

टूटू छोटी सी सुंदर बँदरिया थी। भौं के नीचे उसकी दीप्त आँखें शरारत

से चमकती रहती थीं और मोती से सफेद उसके दाँत अकसर रूबी आंटी के लिए दहशत पैदा कर देते थे। उनका साहस पहले ही लखनऊ के घर में दादा के पालतू अजगर के कारण जवाब दे चुका था। लेकिन यह देहरादून था, हमारे दादा-दादी का घर, इसलिए आंटी और अंकल को हमारे पालतू जीव-जंतुओं के साथ ही रहना था।

टूटू का हाथ सूखा-सूखा-सा दिखता था। ऐसा लगता था मानो उसे कई वर्षों तक धूप में जला दिया गया हो! मैंने उसे सबसे पहले हाथ मिलाना सिखाया। हमारे घर जो कोई भी आता, उससे वह हाथ मिलाती थी। गुस्सैल मेजर मलिक हमारे ड्रॉइंग रूम में प्रवेश करें, इसके पहले उन्हें रुककर टूटू से हाथ मिलाना पड़ता था। अगर वे हाथ नहीं मिलाते तो टूटू उनके कंधे पर चढ़कर उनके बाल नोचने लगती और उनकी मूँछ के साथ खेलने लगती थी।

अंकल केन हमारे किसी पालतू को पसंद नहीं करते थे और टूटू उन्हें खासतौर से नापसंद थी। वह उन्हें बराबर घूरती रहती थी। अंकल केन ज्यादा समय तक कभी नौकरी में नहीं रहे और इस कारण दादा की सदाशयता पर आश्रित थे। इस तरह उन्हें भी औरों की तरह टूटू से हाथ मिलाना पड़ता था।

टूटू की उँगलियाँ फुरतीली और शरारत भरी थीं। और उसकी पूँछ, जो सुंदर दिखती थी (दादा का मानना था कि पूँछ हर किसी की सुंदरता को बढ़ा देती है) तीसरे हाथ का काम करती थी। वह इसके सहारे पेड़ की डालियों पर लटक जाती थी। जो कुछ स्वादिष्ट चीजें हाथ की पहुँच के बाहर होती थीं, उसे वह पूँछ के सहारे पा लेती थी।

रूबी आंटी को टूटू के आने के बारे में नहीं बताया गया था। बेडरूम से तेज चीख सुनाई दी तो हम सब देखने दौड़ पड़े की आखिर हुआ क्या है! वहाँ देखा कि टूटू आंटी का लंबा पेटीकोट पहनने की कोशिश कर रही थी। पेटीकोट बहुत बड़ा था और आंटी जब बेडरूम में घुसी तो उन्होंने सिर्फ एक सफेद आकृति को बिछावन पर उछलते-कूदते देखा।

हमने टूटू को पेटीकोट से निकाला और रूबी आंटी को शांत किया। मैंने

टूटू को खुश करने के लिए स्वीट-पीज का एक गुच्छा दिया। ग्रेनी नहीं चाहती थीं कि उनके बाग से कोई स्वीट-पीज तोड़े, इसलिए मेजर मलिक जब दोपहर में आराम कर रहे थे तो मैंने उनके बगीचे से इसे तोड़ लिया था।

इसके बाद अंकल केन ने शिकायत की कि उनकी कंघी नहीं मिल रही है। जाकर देखा तो टूटू पीछे के बरामदे में धूप में बैठकर कंघी से अपनी बाँह के बाल खुजला रही थी।

मैंने उससे कंघी लेकर अंकल केन से क्षमा माँगते हुए उन्हें वह लौटा दी। लेकिन उन्होंने झल्लाते हुए वह कंघी फेंक दी।

मैंने कहा, 'बिना बात का इतना बतंगड़ क्यों? टूटू के तो जूँ नहीं हैं।'

'और टूटू तो केन से ज्यादा बार नहाती भी है', टूटू को नहलाने के लिए रूबी आंटी का शैंपू माँगकर लाए दादा ने कहा।

इधर दादी ने भी घर में चारों तरफ टूटू की चहलकदमी पर आपत्ति जाहिर की। टूटू को रात में आउट हाउस में बकरी के साथ रहना पड़ता था। दोनों मस्ती में रहते थे। बकरी जब घास की तलाश में बगीचे का चक्कर लगा रही होती थी तो टूटू आराम से उसकी पीठ पर बैठ जाती।

दादा को रेलवे पेंशन लेने मेरठ जाना था। उन्होंने मुझे और टूटू को अपने साथ ले जाना तय किया। उन्होंने कहा, दोनों को साथ ले जाएँगे, ताकि घर में कोई शैतानी करनेवाला नहीं रहे। ट्रेन में टूटू की चहलकदमी से दूसरे यात्रियों को परेशानी न हो, इसलिए उसे एक लंबे ट्रेवलिंग बैग में रख लिया गया। बैग में नीचे थोड़ा पुआल भी रख दिया गया। यही बैग उसका कंपार्टमेंट हो गया। दादा और मेरा टिकट कटा हुआ था और टूटू को हम बतौर सामान ले जा रहे थे।

टूटू को कभी-कभार बाहर झाँक लेने और केला और बिस्कुट खाने के लिए बैग में पर्याप्त जगह थी। लेकिन उसमें से हाथ बाहर नहीं निकाल सकती थी और बैग का कपड़ा इतना मोटा था कि वह उसे फाड़कर बाहर नहीं निकल सकती थी।

टूटू जब कभी बाहर निकलने की कोशिश करती तो या तो बैग थोड़ा आगे लुढ़क जाता या फिर गेंद की तरह हवा में ऊपर उछल जाता। इस अजीब हरकत को देखनेवालों की देहरादून और मेरठ स्टेशन पर भीड़ लग गई थी।

बहरहाल, मेरठ तक टूटू बैग में ही रही। लेकिन मेरठ स्टेशन के निकास-द्वार पर दादा जब अपना और मेरा टिकट दिखा रहे थे, तब टूटू ने अचानक अपना सिर बैग से बाहर निकाल लिया और टिकट कलेक्टर को लंबी मुसकान दे दी।

टिकट कलेक्टर स्तब्ध था। लेकिन तुरंत दिमाग लगाते हुए उसने दादा से कहा, 'सर, आपके साथ कुत्ता है। आपको इसका टिकट लेना पड़ेगा।' दादा को उसकी यह बात नागवार लगी।

दादा ने तिरस्कार भरे लहजे में कहा, 'लेकिन यह कुत्ता नहीं है! यह तो मानव-प्रजाति का छोटा बंदर है। और बच्चों के लिए तो टिकट नहीं लगता!'

टिकट कलेक्टर ने जवाब दिया, 'यह बिल्ली जितनी बड़ी है। बिल्ली और कुत्ते का टिकट तो लगता है।'

दादा ने बहस की, 'लेकिन मैं कह रहा हूँ न कि यह महज बच्चा है।'

इस पर टिकट कलेक्टर ने कहा, 'क्या इसे साबित करने के लिए आपके पास जन्म प्रमाणपत्र है।

दादा ने झिड़का, 'इसके बाद आप इसकी माँ को देखने को कहेंगे!'

उन्होंने बेकार में टूटू को बैग से बाहर निकाला। बेकार में तर्क देते रहे कि छोटे बंदर को कुत्ता, बिल्ली या किसी चौपाया के समान नहीं माना जा सकता। टिकट कलेक्टर ने टूटू को कुत्ते के समान करार दिया और उसके किराए के तौर पर पाँच रुपए देने पड़े।

इसके बाद दादा ने अपने पैंट की पॉकेट में हाथ डाला और छोटे कछुए को निकालकर टिकट कलेक्टर से सवाल किया, 'अब बताएँ, इसके लिए मुझे क्या किराया भुगतान करना पड़ेगा, क्योंकि आप तो छोटे-बड़े हर प्राणी

के लिए किराया माँग रहे हैं।'

टिकट कलेक्टर ने कछुए को नजदीक से निहारा और अपनी तर्जनी से उसे छूकर देखा, फिर बोला, 'कोई किराया नहीं सर! यह कुत्ता नहीं है।'

भारत में जाड़े के दिनों में काफी ठंड पड़ती है। जाड़े की शाम दादा टूटू को नहाने के लिए एक बड़े कटोरे में गरम पानी दिया करते थे। टूटू पानी को अपने हाथ से छूकर देखती थी कि यह कितना गरम है। इसके बाद नहाना शुरू करती थी। पहले एक पैर को धोती थी, फिर दूसरे को (वह मुझे ऐसा ही करते देखती थी)। इस तरह वह तब तक पानी में रहती थी, जब तक पानी गरदन के पास नहीं पहुँच जाए।

इसके बाद आराम से साबुन अपने हाथ या पैर से पकड़ती थी और उसे सारे बदन पर रगड़ती थी। पानी जब ठंडा हो जाता तो वह बाहर निकलकर तेजी से रसोईघर की ओर दौड़ती थी—चूल्हे की आग में अपने बदन को सुखाने के लिए। अगर उसे यह सब करते देख कोई हँस देता तो उसकी भावनाएँ आहत हो जाती थीं और फिर वह नहाने को तैयार नहीं होती थी।

एक दिन टूटू ने खुद को लगभग जिंदा उबाल लिया। दादी ने चाय के लिए एक बड़ी केतली चूल्हे पर रख छोड़ी थी। टूटू अकेले थी और उसके पास करने को कोई काम नहीं था। ऐसे में उसने अपने आप केतली का ढक्कन हटाने की कोशिश की। उसे महसूस हुआ कि पानी नहाने के लायक गरम है। इसके बाद वह ढक्कन हटाकर सिर बाहर रखकर केतली में घुस गई।

यह तब तक ठीक था, जब तक पानी धीरे-धीरे गरम हो रहा था। टूटू बाहर निकली भी लेकिन बाहर ठंड महसूस कर वह फिर से केतली के अंदर घुस गई। वह कुछ समय तक ऐसे ही अंदर-बाहर करती रही। जब तक दादी वहाँ पहुँची। जब उसे केतली से बाहर निकाला, तो वह अधपकी हो चुकी थी।

अंकल केन ने उत्साहपूर्वक पूछा, 'आज चाय के साथ क्या है? उबला

अंडा और आधा उबला बंदर!'

लेकिन टूटू पर कोई असर नहीं हुआ और वह आगे भी अंकल केन से ज्यादा नियमित तरीके से नहाती रही।

रूबी आंटी बार-बार नहाती थीं। इसमें टूटू की सहमति भी रहती थी। एक दिन रूबी आंटी अपने बाल में शैंपू कर रही थीं, तो उनकी नजर टूटू पर पड़ी। टूटू उनके बाथरूम के ठीक सामने बैठकर शैंपू के झागों में उनकी नकल कर रही थी।

एक दिन रूबी आंटी ने हम सबको आश्चर्य भरी खबर दी। उन्होंने बताया कि उनकी मँगनी हो गई है। हम लोग बराबर यही सोचते थे कि रूबी आंटी कभी शादी नहीं करेंगी। वे खुद भी ऐसा ही कहा करती थीं। लेकिन अब ऐसा लगा कि उन्हें कोई सही आदमी मिल गया है। आंटी की मँगनी रॉकी फर्नांडीस से हो रही थी, जो गोवा में स्कूल शिक्षक थे।

रॉकी लंबे और छरहरे कद के भले इनसान थे। उनकी उम्र रूबी आंटी से काफी कम थी। उनकी आवाज बहुत ही सुरीली, ठीक बेरीटोन वाली थी और वे महान् गायक नेल्सन एड्डी की तरह गाया करते थे। दादी बेरीटोन गायकों को पसंद करती थीं, इसलिए रॉकी जल्द ही दादी के चहेते बन गए।

लेकिन अंकल केन जानना चाहते थे, 'इस आदमी को इस औरत में आखिर दिखा क्या?'

दादी ने झट से जवाब दिया, 'किसी लड़की ने जितना कुछ तुम में देखा होगा, उससे अधिक।' दादी आगे बोली, 'रूबी एक अच्छी लड़की है। और फिर दोनों शिक्षक हैं। दोनों मिलकर अपना स्कूल भी खोल सकते हैं।'

रॉकी अकसर घर पर आया करते थे। वे मेरे लिए चॉकलेट और काजू लाया करते थे। लगता था उन्हें यह असीमित मात्रा में कहीं से मिलती थीं। उन्होंने मुझे कई मार्चिंग सॉन्ग भी सिखाए थे। ऐसे में स्वाभाविक रूप से मैं रॉकी को पसंद करता था। रूबी आंटी ने उन्हें अपना जीवनसाथी चुनकर मेरी प्रशंसा हासिल कर ली थी।

एक दिन वे दोनों आपस में मँगनी की अँगूठी खरीदने के लिए बाजार जाने की बात कर रहे थे। मैंने उनकी बात सुन ली। मैंने भी उनके साथ जाना तय किया। लेकिन रूबी आंटी साफ बता चुकी थीं कि वे मुझे अपने साथ नहीं ले जाएँगी, इसलिए मैंने तय किया कि मैं छुपकर कुछ दूरी पर रहूँगा पर उनके साथ जाऊँगा जरूर। टूटू को भी इस बात की जानकारी हो गई कि किसी खास काम को लेकर योजना बन रही है, इसलिए उसने भी मेरा पीछा करने का निर्णय कर लिया। लेकिन चूँकि मैंने उसे साथ चलने को नहीं कहा था, इसलिए उसने भी अलग से छुपकर मेरे पीछे-पीछे जाना तय किया।

भीड़ भरे बाजार में एक बार मैं रूबी आंटी और रॉकी से लगभग टकरा गया। लेकिन उन लोगों की नजर मुझ पर नहीं पड़ी। वे दोनों जेवरातों की एक बड़ी दुकान में जाकर बैठ गए तो मैं भी अंदर पहुँच गया और मैंने इस तरह का नाटक किया, मानो हमारी मुलाकात महज संयोगवश हो गई हो। मुझे देखकर रूबी आंटी खुश नहीं थीं। लेकिन रॉकी ने हाथ उठाकर इशारा किया और कहा, 'इधर हमारे पास आओ! एक सुंदर सी अँगूठी चुनने में अपनी रूबी आंटी की मदद करो!'

मुझे यह सब महज रुपए की बरबादी लग रही थी। लेकिन मैं उनसे कुछ बोला नहीं। रूबी आंटी मुझे हिकारत भरी नजरों से देख रही थीं।

मैंने गोमेद की एक सस्ती अँगूठी की ओर इशारा करते हुए कहा, 'इसे देखिए, यह बहुत सुंदर है।' लेकिन रूबी आंटी उसे नहीं देख रही थीं। उनकी नजर हीरों की अँगूठियों पर टिकी हुई थी।

मैंने आंटी को खुश करने की कोशिश में कहा, 'रूबी आंटी के लिए रूबी क्यों न खरीदी जाए?'

रॉकी ने कहा, 'यह रूबी का लकी स्टोन है। मँगनी के लिए हीरा ही सही पसंद है।' इतना कहकर वह एक गाना गाने लगे। गाने का आशय था कि हीरा लड़कियों का सबसे करीबी दोस्त है।

जब दुकानदार और रूबी आंटी हीरे की अँगुठियों करे देख रहे थे, और

रॉकी दूसरी धुन बजाने की कोशिश में थे, उसी वक्त टूटू भी दुकान में पहुँच गई। हालाँकि उसे मेरे सिवा किसी और ने देखा नहीं। उसने किलकारी मार अपनी उपस्थिति का अहसास कराया। वहाँ मौजूद सभी लोग उसे देखने लगे, जो एक सुंदर हार पहनने की कोशिश कर रही थी।

मैंने सवाल किया, 'और वह सब कौन सा पत्थर है?'

रॉकी ने जवाब दिया, 'मोती जैसा लग रहा है।'

उन्हें पकड़ते हुए दुकानदार ने कहा, 'ये सब मोती हैं।'

इसी बीच रूबी आंटी चिल्लाईं, 'अरे, यह बदमाश बँदरिया! मैं जानती थी कि यह लड़का इसे यहाँ ले आएगा।'

तब तक हार टूटू की गरदन की शोभा बढ़ा रहा था। मुझे लगा 'हार' पहने हुए वह ज्यादा अच्छी दिख रही है। लेकिन उसने हमें कुछ और प्रशंसा करने का मौका नहीं दिया। टूटू हमारी पहुँच के बाहर होकर रॉकी की ओर बढ़ी और मेरे पैर के बीच से निकलते हुए भीड़ भरी सड़क की ओर दौड़ पड़ी। रुकने के लिए चिल्लाते हुए मैं उसके पीछे-पीछे दौड़ा। लेकिन वह कुछ सुन नहीं रही थी।

टूटू को आगे बढ़ने में मदद करने के लिए यहाँ पेड़ की डालियाँ नहीं थीं, लेकिन वह लोगों के कंधों और सिरों का सहारा लेते हुए बाजार में बहुत तेजी से भागी जा रही थी।

दुकान छोड़कर जौहरी भी हम लोगों के साथ दौड़ रहा था। इसी तरह रॉकी भी। साथ-साथ सड़क पर खड़े जिन लोगों ने इस घटना को देखा था, वे भी दौड़ रहे थे। इस दौड़ में वे लोग भी शामिल होते जा रहे थे, जिन्हें इस बात का कोई पता नहीं था कि आखिर हुआ क्या है! जैसाकि दादा कहा करते हैं, 'भीड़ में हर कोई लीडर का अनुसरण करता है, भले ही उन्हें यह भी मालूम नहीं होता कि लीडर कौन है!' यहाँ भी किसी को यह पता नहीं था कि इस दौड़ का लीडर टूटू है। सिर्फ आगे के लोग उसे देख पा रहे थे।

उसने सड़क से गुजर रहे स्कूटर सवार के कंधे पर चढ़कर और ज्यादा

तेज रफ्तार से भागने की कोशिश की। स्कूटर फलों की एक दुकान में घुस गया और केले के ढेर में जाकर रुक गया। स्कूटर सवार ने खुद को गुस्साए दुकानदार की बाँहों में पाया। वहाँ से आगे बढ़ने के पहले टूटू ने एक केला छीला और उसका एक हिस्सा खा गई।

एक घर के तिरपाल पर चढ़कर टूटू एक धोबी के गधे की पीठ पर उतर आई। घबराकर गधा सड़क पर दौड़ पड़ा। उस पर रखे हुए कपड़े रास्ते में नीचे गिर गए। धोबी भी उसके पीछे-पीछे भागा। इस बीच स्कूल जा रहे बच्चों ने तय किया कि स्कूल जाने से बेहतर है यहाँ कुछ करना! उल्लसित होकर चिल्लाते हुए वे हाँफ रहे बड़ों से आगे निकल गए।

अंततः टूटू ने बाजार से निकलकर हमारे घर की ओर का रास्ता पकड़ लिया। लेकिन उसे पता था कि अगर घर गई तो उसे पकड़कर बंद कर दिया जाएगा। इसलिए उसने खुद को हार से पीछा छुड़ाकर इस दौड़ को खत्म करने का निर्णय ले लिया। करीने से अपने गले से हार को निकालकर उसने उसे सड़क किनारे के छोटे नाले में फेंक दिया।

चिंता में चिल्लाते हुए जौहरी नाले में कूद गया। इसी तरह रॉकी और मैं खुद भी नाले में कूद पड़े। साथ-साथ बड़ों-बच्चों समेत कई और लोगों ने भी नाले में छलाँग लगा दी। सारा पराक्रम एक तरह से खजाने की खोज बन गया!

बीस मिनट बाद रॉकी चिल्लाया, 'मैंने खोज लिया'। कीचड़, जलकुंभी, फर्न और छुँछ मछली से लथपथ हम सब नाले से बाहर निकले। रॉकी ने राहत महसूस कर रहे दुकानदार को हार भेंट किया।

इसके बाद हर कोई पैदल बाजार की ओर चल पड़ा। रूबी आंटी अभी भी दुकान में इंतजार करती हुई तय करने की कोशिश कर रही थीं कि आखिर मँगनी के लिए कौन सी अँगूठी खरीदी जाए!

अंततः अँगूठी खरीद ली गई। मँगनी की घोषणा हो गई और शादी का दिन भी तय हो गया।

यह सब हो जाने के बाद रूबी आंटी ने कहा 'हमारी शादी के दिन हम लोगों के आस-पास यह बंदर नहीं रहना चाहिए।'

दादा ने भरोसा दिलाया, 'हम इसे आउट हाउस में बंद कर देंगे और जब तुम हनीमून के लिए चली जाओगी, उसके बाद ही इसे बाहर निकालेंगे।'

शादी के कुछ दिन पहले मैंने टूटू को रसोईघर में पाया। वह वैडिंग केक बनाने में दादी की मदद कर रही थी। टूटू खाना बनाने में अकसर मदद किया करती थी। जब दादी देख नहीं रही होती थीं तो वह बरतन में मिर्च-मसाला आदि डाल देती थी। यही कारण था कि हम लोगों को कभी-कभार कस्टर्ड में मिर्च या जैली में प्याज मिल जाता था या फिर चिकेन सूप में स्ट्रॉबेरी तैर रही होती थी।

टूटू की इस करतूत से व्यंजन कभी ज्यादा स्वादिष्ट हो जाता था तो कभी स्वादहीन। अंकल केन एक बार सैंडविच खा रहे थे तो उनके दाँत सैंडविच के अंदर के अखरोट पर पड़ गए, जिस कारण उन्हें दाँत भी गँवाने पड़े थे।

मुझे नहीं पता कि दादी जब नहीं देख रही थीं तो वैडिंग केक में क्या-क्या डाल दिया गया होगा। दादी बराबर कहती थीं कि रसोईघर में टूटू बहुत करीने से रहती है। लेकिन मैंने तो टूटू को रेड चिली सॉस, लौकी के बीज और अंडों के छिलके उसे केक में डालते देखा था।

यह सच है कि शादी के कई दिनों बाद तक अनेक मेहमान नजर नहीं आए, लेकिन केक के खिलाफ किसी ने कुछ नहीं कहा। अधिकांश लोगों को यह मजेदार फ्लेवर का लगा।

आखिरकार शादी का दिन आ ही गया। शादी में आए मेहमान देहरादून के बाहरी छोर पर स्थित चर्च जाने लगे। देहरादून में एक चर्च, दो मसजिद और कई मंदिर हैं।

मैंने टूटू को दुल्हन की दासी की तरह सजाकर अपने साथ ले जाने का प्रस्ताव रखा, लेकिन दादाजी को छोड़ बाकी किसी को यह प्रस्ताव सही नहीं लगा। आज्ञाकारी बालक की तरह मैंने टूटू को आउट हाउस में बंद कर दिया।

हालाँकि मैंने एक रोशनदान को खुला छोड़ दिया। दादी हमेशा कहती हैं कि बड़े हो रहे बच्चों के लिए खुली हवा बहुत ही लाभदायक होती है। मैंने सोचा, टूटू को इसका लाभ मिलना चाहिए।

विवाह-समारोह बिना किसी अड़चन के संपन्न हो गया। रूबी आंटी फोटो की तरह और रॉकी फिल्मस्टार की तरह दिख रहे थे।

दादा ने पूरे उत्साह के साथ ऑर्गन बजाया, जिसके स्वर के आगे गायक-मंडली की आवाज धीमी पड़ गई। दादी चिल्लाईं और मैं अपनी गोद में छोटे कछुए को लेकर एक कोने में शांतभाव से बैठा रहा।

विवाह की रस्म पूरी हो गईं तो हम विवाह-स्थल से बाहर आए और रिसेप्शन के लिए घर की ओर चल दिए।

भोज की सामग्री गार्डन में मेज पर रखी हुई थी। चूँकि माली को जिम्मेदारी दे रखी थी, इसलिए सबकुछ ठीक-ठाक था। टूटू का व्यवहार बेहतरीन था। लगता है कि और अधिक खुली हवा का सेवन करने के लिए वह रोशनदान के रास्ते बाहर आ गई थी। वह तीन मंजिले वैडिंग केक के पास बैठकर, इसे कौवे, गिलहरी और बकरी से बचा रही थी। वह मेहमानों का स्वागत आनंदभरी किलकारी के साथ कर रही थी।

उसे देख रूबी आंटी गुस्से से आगबबूला हो गईं और टूटू की ओर लपकीं। टूटू को आभास हो गया कि उसका यहाँ रहना आंटी को अच्छा नहीं लग रहा और वह, उछलकर, वैडिंग केक की ऊपरी मंजिल साथ लेकर चंपत हो गई।

मेजर मलिक के नेतृत्व में हम सबने फलवाटिका तक उसका पीछा किया। इस बीच वह कटहल के पेड़ के ऊपर जाकर बैठ गई। वहाँ से उसने हम सब के ऊपर वैडिंग केक के टुकड़े फेंकने शुरू कर दिए। टूटू अपने साथ कॉनफेटी (शादी में उड़ाने वाले धातु के कुछ टुकड़े) का एक थैला भी साथ लेकर गई थी। जब केक खत्म हो गया तो वह ऊपर से हम सब पर उसे ही फेंकने लगी।

मजाकिया रॉकी ने कहा, 'बहुत अच्छा लग रहा है यह सब। चलो, अब हम और लोगों के साथ पार्टी में वापस चलें'

टूटू को मार भगाने के लिए अंकल केन मेजर मलिक के साथ रह गए। वे तब तक पेड़ पर पत्थर फेंकते रहे जब तक ऊपर से उनकी नाक पर केक का एक बड़ा टुकड़ा आकर न पड़ा। धमकाते हुए वे पार्टी में लौट आए तथा मेजर को संघर्ष करने के लिए अकेले वहीं छोड़ दिया।

समारोह समाप्त होने पर अंकल केन ने गैरेज से अपनी पुरानी कार निकाली और उसे ड्राइव कर बरामदे की सीढ़ियों पर ले गए। उन्हें रूबी आंटी और रॉकी को हनीमून के लिए मसूरी के पास के एक हिल रिसॉर्ट पहुँचाना था।

रूबी आंटी कार की पीछेवाली सीट पर बैठ गईं और देख रहे परिजनों का रानी की तरह हाथ हिलाकर अभिवादन करती रहीं। उन्होंने अपनी गरदन कार की खिड़की से बाहर निकाली और गाल मेरी ओर कर दिया ताकि में उन्हें विदाई का चुंबन दे सकूँ। हर किसी ने उन्हें शुभकामनाएँ दीं।

ज्यों ही रॉकी ने गाना शुरू किया, अंकल केन ने एक्सीलरेटर दबा दिया। धूल उड़ाते हुए कार झटके से आगे बढ़ गई।

रूबी आंटी और रॉकी हाथ हिला-हिलाकर हमारा अभिवादन करते रहे। इसी तरह टूटू भी कार के पीछे बंयर पर बैंठी पूँछ हिला-हिलाकर अभिवादन कर रही थी! उसने अपने हाथ में एक बैग पकड़ रखा था और रास्ते में खड़े लोगों पर कॉनफेटी गिरा रही थी।

मैं चिल्लाया, 'उन्हें नहीं मालूम कि टूटू भी उनके साथ है!'

'वह उनके साथ मसूरी तक जाएगी! क्या रूबी आंटी उसे अपने साथ रहने देंगी?'

दादा ने कहा, 'लगता है टूटू उनके हनीमून को बरबाद कर देगी। लेकिन घबराने की जरूरत नहीं, हमारे केन उसे वापस ले आएँगे!'

□

9

फव्वारे में मेंढक

अपने सुंदर देश में गेंदे का फूल सभी जगह उगता है। उसकी माँग बराबर बनी रहती है। उत्सव, शादी-विवाह, धार्मिक अनुष्ठान, आगमन एवं विदाई—यानी हर तरह के आयोजनों में गेंदे की माँग रहती है। अगर आप किसी समारोह के मुख्य अतिथि हैं तो गेंदे के फूल की मालाओं से लद जाने के लिए तैयार रहिए। मैं स्वागत के लिए एक ऐसी मालाओं से चौकन्ना रहता हूँ, क्योंकि एक बार पंखुड़ियों में आराम फरमा रही एक मधुमक्खी ने उड़कर मेरी ठुड्डी को डंक मार दिया था। इसके कारण मुझे अपना वक्तव्य छोटा करना पड़ा था।

मैंने जब युवा गौतम को इस घटना के बारे में बताया तो उसने सवाल किया, 'क्या इसी कारण आपकी ठुड्डी इतनी मोटी है!'

दरअसल, मोटी ठुड्डी मुझे मेरी दादी से मिली है। मेरी दादी बहुत ही मोटी थीं और उनकी ठुड्डी तो विशेष रूप से अधिक मोटी थी। गौतम और उसकी बहन सृष्टि को मेरी मोटी ठुड्डी से खेलना अच्छा लगता है, लेकिन मैंने कभी अपनी बूढ़ी दादी की ठुड्डी या किसी दूसरे अंग को छूने का साहस नहीं किया था। वह बहुत ही सख्त, कम बोलने वाली औरत थीं। उनका पालन-पोषण बिलकुल विक्टोरियन तरीके से हुआ था। उनका मानना था कि छोटे बच्चों को सिर्फ उसी वक्त बातें करनी चाहिए, जब उनसे बात की जाए।

उन्होंने हम सबको खूब अच्छी तरह खिलाया था, एक अच्छा खानसामा

भी रखा था, लेकिन वे दूसरी बार किसी चीज को खाने के लिए लेने की पक्षधर नहीं थीं। इसका नतीजा यह हुआ कि मैं बाकी जिंदगी सिर्फ दूसरी बार खाना लेने की फिराक में ही लगा रहा।

मुझे एक प्लेट चावल के साथ मटन के दो कोफ्ते मिलते थे। इससे ज्यादा खाने की इजाजत नहीं थी। कोफ्ता मुझे अच्छा लगता था—आज भी, और ऐसे में एक छोटे बच्चे के लिए सिर्फ दो कोफ्ते पर ही संतोष कर लेना बड़ा कष्टकर होता था। अब जब मैं बड़ा हो गया हूँ, और मेरे पास स्वतंत्र आय का स्रोत है, तो मैं चार कोफ्ते लेता हूँ! अब मुझे कौन रोक सकता है?

डॉ. बिष्ट साल में एक बार मुझे मिलने आते हैं। उन्होंने कहा कि तुम वजनी दिखने लगे हो और तुम्हें अपना खाना कम करना चाहिए।

उन्होंने सवाल किया, 'दोपहर के खाना में क्या लेते हो?'

'कोफ्ते और चावल।'

'कितना चावल?'

'सिर्फ दो बार'।

'और कोफ्ते कितने?'

'सिर्फ चार।'

उन्होंने सलाह दी, 'दो से अधिक मत खाओ।'

मेरे मुँह से निकल गया, 'ठीक है, दादी।'

डॉ. बिष्ट मुझे उलझन भरी निगाहों से देखने लगे।

मैंने कहा, 'सॉरी, मुझे लगा, आप मेरी दादी हैं।' अब उन्हें लगने लगा कि मुझे अलजाइमर हो गया है।

□

दादी ने अपने घर के चारों तरफ गेंदे के फूल लगाए हुए थे। उनका मानना था कि इससे साँप घर में नहीं आते। आमतौर पर साँप गेंदे की तीक्ष्ण सुगंध को पसंद नहीं करते। पहले मैं भी इस लोक धारणा में विश्वास करता था। लेकिन जब साँपों के एक विशेषज्ञ ने मुझे बताया कि साँप को गंध का

आभास नहीं होता और वह फूलों या किसी और गंध से अप्रभावित रहता है, तब से इस लोक धारणा से मेरा विश्वास उठ गया। वैसे भी मैंने दादी के बाग में कभी किसी साँप को नहीं देखा, बहरहाल दूसरी जगहों पर साँपों को देखा है। बहरहाल हम लोगों के पास मेढक काफी थे। इसके लिए मेरे दादा के द्वारा बनवाए झरने को धन्यवाद, जिसका अब इस्तेमाल नहीं होता। दादा की मृत्यु के बाद इसकी देख-रेख करनेवाला कोई नहीं रहा और तब से यह उपेक्षित पड़ा हुआ है।

पिछले कई साल से झरना काम नहीं कर रहा था, लेकिन इसके लिए जो छोटा बना था, उसमें बरसात का पानी भरा रहता था और अब यह जलकुंभी से ढक गया था।

एक दिन मैं एक अभियान में कैनाल हेडवर्क्स गया था। वहाँ से मैं एक बालटी में कुछ छोटी मछलियाँ एक बालटी ले लाया और उन्हें जलकुंभी के इस तालाब में डाल दिया। बालटी में तैर रही इल्लियों पर मैंने ध्यान नहीं दिया।

खैर मछलियाँ तो मर गईं, क्योंकि उन्हें ताजा बहता हुआ पानी चाहिए, रुका हुआ पानी नहीं। लेकिन इल्लियाँ पूरी मस्ती में रहीं जो मेढक बनकर सब जगह छितर गए। धीरे-धीरे मेढकों की संख्या कई गुना बढ़ गई। रात में वे बरामदे में आ जाते और अपने अविराम गायन एवं टरटराहट से हम सबको जगाए रखते।

मेबल आंटी ने शिकायत की कि वे एक पल भी सो नहीं सकीं। दरअसल वे शोर को लेकर बहुत ही संवेदनशील थीं और जल-जीवी जंतुओं की गायक-मंडली से उन्हें सख्त एलर्जी थी।

मैंने कहा, 'वे आपको प्रेमगीत सुना रहे हैं।' लंबे समय से किसी ने मेबल आंटी को प्रेमगीत नहीं सुनाया था। जिनकी उम्र 40 से अधिक हो गई थी, पर वे अब तक अविवाहित थीं।

दादी ने पूरे भरोसे के साथ कहा कि बरसात खत्म होने के बाद ये सब

चले जाएँगे। लेकिन वे गए नहीं। एक दिन बाथरूम से चीख सुनाई पड़ी—मेबल आंटी मदद के लिए चीख रही थीं। दादी, खानसामा और मैं उनकी मदद के लिए दौड़ पड़े। वहाँ जाने पर पता चला कि उनकी परेशानी का कारण कमोड में तैर रहा बड़ा-सा मेढक था।

मैंने फ्लश की चेन को खींचा। फ्लश और मेढक की आवाज मिलकर जोर की गरगराहट हुई और मेढक उछलकर सीधे मेबल आंटी की बाँहों में आ गया। वे उसी दिन लखनऊ के लिए यह कहते हुए रवाना हो गईं कि यहाँ से ज्यादा सुरक्षित तो चिड़ियाखाने में रहना है। दरअसल, उनके भतीजे चिड़ियाघर के सुप्रिंटेंडेंट थे।

बहरहाल दादी ने उसके तालाब को साफ कराने के लिए कुछ मजदूरों को लगाया। मजदूरों ने ढेर सारे मेढक पकड़े—जितने वे पकड़ सकते थे। इन मेढकों को टोकरियों में भरकर रहस्यमय जगह पहुँचा दिया गया।

मैं सोचने लगा, 'शायद चीन या फिर फ्रांस को उनका निर्यात कर दिया गया होगा। वहाँ के लोग तो मेढक खाते हैं न?'

दादी ने कहा, 'सिर्फ पैर।'

लेकिन उनका निर्यात नहीं किया गया। खानसामा ने बाद में मुझे बताया कि टोकरियों को खोलकर रेलवे स्टेशन के पीछेवाले तालाब में मेढकों को फेंक दिया गया था। इसके बाद लंबे समय तक वे सभी रेलवे स्टेशन के वेटिंग रूम और प्लेटफॉर्म पर फुदकते रहे। अंततः स्टेशन मास्टर ने बेहतरीन तरकीब ढूँढ़ी। उन्होंने थोड़े से पैसों का लालच देकर सड़क के छोकरों से इन मेढकों को पकड़वाया और कई हवादार बक्सों में ठीक से पैक कर दिया।

इन बक्सों पर लेबल लगा दिया गया: 'प्रति, लखनऊ चिड़ियाघर, सुप्रिंटेंडेंट साहब के ध्यानार्थ।' और मुफ्त उपहार के तौर पर डिस्पैच कर दिया गया।

हमारे दार्शनिक स्टेशनमास्टर ने बड़े अंदाज में कहा, 'छोटे-बड़े हर जीव के लिए चिड़ियाघर सबसे अच्छी जगह है।' वे पहले भी चिड़ियाघर को आवारा कुत्तों का एक कंसाइनमेंट भेज चुके थे।

□

आश्चर्य की बात है कि मेबल आंटी फूलों के गुलदस्ते के बजाय मेढकों का कैरेट पसंद करतीं। उन्हें फूलों से एलर्जी थी। फूलों की गंध से उन्हें छींक आती थी।

फूलों से डरने को 'एंथोफोबिया' कहा जाता है और मेबल आंटी इसी से ग्रस्त थीं। वे फूलों के आतंक के साए में जीती थीं। उन्हें फूलों का आतंक लगातार सताता रहता था। कुछ फूल उन्हें साँप लगते थे और कुछ बरछे, जो उन्हें बुरी तरह सिहरा देते थे।

यह एलर्जी से कहीं अधिक था—बिलकुल अतार्किक और समझ से परे, लेकिन फूलों से उन्हें वास्तव में बहुत अधिक डर लगता था। फूलों के नाम मात्र से वे डर जाती थीं। अगर मैं चिल्लाता 'थंडर लिली' तो उनका चेहरा पीला पड़ जाता और पत्ते की तरह थरथराने लगता। ऐसे ही अनेक अन्य फूलों के नाम बोलने पर वे डर जातीं और चीखने लगतीं।

छोटे बच्चे निष्ठुर हो सकते हैं, खासकर आंटियों के लिए, और मैं भी इसका अपवाद नहीं था। लेकिन फूलों से मेबल आंटी को तंग करने में मुझे थोड़ा ही मजा आता था। दरअसल, मैं उन्हें ब्लैकमेल करता था। अगर मुझे सिनेमा देखने के लिए पैसे की जरूरत होती थी तो मैं मेबल आंटी के पास लार्कस्पूर या कैंडीटफ का गुच्छा ले जाता। इससे वे चकित होकर मुझे अपने कमरे से बाहर कर देती थीं और सिनेमा टिकट का पैसा दे देती थीं।

लखनऊ में वे एक फ्लैट में रहती थीं और इस तरह फूलों से दूर रहती थीं। लेकिन देहरादून में उनका पाला दादी के गार्डन से पड़ता था और दादी अपना गार्डन हटाने वाली नहीं थीं। हटातीं भी कैसे, गार्डन में सबसे अच्छे फूलों के होने की वजह से पूरे शहर में उनका नाम था। मेबल आंटी हर समय घर के अंदर ही रहती थीं, कभी-कभार ही ताँगे से बाहर निकलती थीं। वे पलटन बाजार में खुद को सबसे ज्यादा सुरक्षित महसूस करती थीं, क्योंकि वहाँ सब्जी मंडी में सिर्फ फूलगोभी, कोई फूल नहीं था। हालाँकि वे उससे

भी परहेज ही करती थीं।

आंटी इस कदर फोबियाग्रस्त थीं कि उन्होंने परिवार के हर सदस्य से वादा करवा रखा था कि उनके अंतिम संस्कार में किसी भी फूल का इस्तेमाल नहीं किया जाएगा। हालाँकि उन्हें भरोसा नहीं था कि उनसे किए गए वादे को निभाया जाएगा। यही कारण है कि वह भारत छोड़कर एरिजोना में जाकर बस गईं, जहाँ कैक्टस भी बहुत मुश्किल से बच पाता है। आखिरकार, वहाँ पहुँचकर उन्हें खुशी प्राप्त हुई।

दूसरी ओर, मैं फूलों के बिना जिंदा नहीं रह सकता। अपनी आँखों और दिमाग को तरो-ताजा करने के लिए मैं अपनी टेबल के एक किनारे पीले और नारंगी रंग के फूल रखता हूँ। मेरी सामर्थ्य बगीचे वाले किसी बड़े मकान में रहने की कभी नहीं रही (जैसाकि दादी का था, जिसे उनके निधन के बाद बेच दिया गया), लेकिन मैं अपनी खिड़कियों पर कुछ फूल उगाता रहा हूँ। वसंत के समय मैं कॉसमॉस के बीज पहाड़ी की ओर छिड़क देता हूँ। इनमें से कुछ उग जाते हैं और मुझे तथा दूसरों को शरत पुष्पों का साथ मिल जाता है।

निस्संदेह, हम सब किसी-न-किसी फोबिया से ग्रस्त हैं। कुछ को तो बहुत ही मजेदार-मजेदार फोबिया हैं। किसी को बैक्टीरियोफोबिया यानी जीवाणुओं का डर सताता है, तो किसी को माइसोफोबिया, यानी गंदगी का डर। (मैं एक ऐसी महिला को जानता हूँ, जो दिन में कम-से-कम तीस-चालीस बार अपना हाथ धोती थी, जब कि वह घर पर रहती थी और कोई काम नहीं करती थी।) इसी तरह किसी-किसी को जेनोफोबिया, मतलब अजनबी लोगों का भय सताता है, तो किसी को नाइक्टोफोबिया, यानी अँधेरे का डर सताता है। किसी-किसी को एगोराफोबिया यानी खुली जगह का आतंक परेशान करता है। समस्या यह है कि हम सब में से अधिकांश, विशेषकर पुरुष, यह स्वीकार करने को तैयार नहीं होते कि उन्हें किसी चीज से डर लगता है। भय को बताने से भयभीत होना भी अपने आप में एक

फोबिया ही है। इसके लिए उपयुक्त शब्द फोबोफोबिया है।

मुझे खास तरह का फोबिया है। मैं लिफ्ट से बहुत डरता हूँ। जिस बिल्डिंग में लिफ्ट का इस्तेमाल करना ही करना होता है, वहाँ जाने से मैं यथासंभव बचता हूँ। अगर जाऊँ भी तो सीढ़ी का इस्तेमाल करता हूँ। एक बार मैं पाँच सितारा होटल में फँस गया। वहाँ सीढ़ियाँ थीं ही नहीं, और मेरा कमरा सत्रहवीं मंजिल पर था। मुझे अग्निशमन पाइप का सहारा लेने को बाध्य होना पड़ा! अब आप जान गए होंगे कि मैं जब कभी दिल्ली आता हूँ तो इंडिया इंटरनेशनल सेंटर में क्यों ठहरता हूँ! मैं यहाँ बुद्धिजीवी होने के कारण नहीं, बल्कि इसलिए ठहरता हूँ कि यह बिल्डिंग महज दो मंजिला (भगवान् आर्किटेक्ट का भला करें) है।

संभवत: किसी फोबिया से निपटने का सबसे अच्छा तरीका है, इसके सामने हार मान कर इसे कबूल कर अपनी कमजोरी के बारे में हर किसी को बता दें और उनका सहयोग हासिल करें। मैं लोगों से कह सकता हूँ कि मुझे लिफ्ट से डर लगता है। अधिकांश लोग स्वभाव से सहानुभूति रखनेवाले होते हैं। लिफ्ट में जो लोग साथ रहते हैं, वे सही बटन दबाते जाते हैं और मुझे जिस मंजिल पर जाना होता है, वहाँ ठीक-ठाक पहुँच जाता हूँ। मैं कभी लिफ्ट या सेलफोन का इस्तेमाल नहीं करता हूँ।

लिफ्ट में और लोगों के साथ होना मुझे अच्छा लगता है, क्योंकि मैं जानता हूँ कि अगर लिफ्ट फँसेगी तो मैं अकेले नहीं फँसूँगा।

□

10

आस्था के साथ पदयात्रा

पूरी जिंदगी मैंने पैदल चलना पसंद किया है। आज तक मेरे पास न तो कार, बस, ट्रैक्टर, हवाई जहाज, मोटरबोट, स्कूटर, ट्रक या स्टीम रोलर है, और न ही कभी मैंने इन्हें चलाया। अगर इनमें से किसी एक को चुनने की मजबूरी ही आ जाए तो मैं स्टीम रोलर पसंद करूँगा, क्योंकि यह बहुत धीमी गति से बिना किसी हड़बड़ी के ठोस तरीके से आगे बढ़ती है।

किशोरावस्था में मैंने कुछ समय तक साइकिल चलाई, जब तक एक बैलगाड़ी से टकराकर मैंने अपनी बाँह न तुड़वा ली। इस दुर्घटना ने साफ कर दिया था कि मैं पहिए वाले किसी वाहन या किसी ऐसे वाहन, जिसमें अपने पैर को जमीन से ऊपर ले जाना पड़े, की सवारी करने लायक नहीं हूँ। हालाँकि मैं दिन में सपने देखने वाला और भुलक्कड़ हूँ, फिर भी चलते हुए कभी किसी बैलगाड़ी से नहीं भिड़ गया।

शायद इसके पीछे राशि का कुछ हाथ हो। मैं वृष राशि का हूँ। साँड़ की तरह हमेशा घास के आसपास रहा हूँ और अपनी जिंदगी पूरे इतमीनान के साथ जीया है। बहुत उकसाने पर ही कभी-कभार उग्र हुआ हूँ। साँड़ों के प्रति मेरी पूरी सहानुभूति रही है, लेकिन बुलफाइटरों के प्रति नहीं।

मेरा जन्म कसौली सैन्य अस्पताल में 1934 में हुआ और मैं छोटे से एंग्लो चर्च में दीक्षित हुआ। यह चर्च आज भी इस हिल स्टेशन में बरकरार है। मेरे पिता ने अपनी स्कूली पढ़ाई यहाँ से कुछ मील दूर लॉरेंस रॉयल

मिलिट्री स्कूल, सनावट में की थी, पहले उन्होंने चाय बागान में काम किया और फिर शिक्षक बन गए। वैसे जिस वक्त मेरा जन्म हुआ, उस समय वे बेरोजगार थे।

लेकिन मुझे कसौली में बिताए दिन याद नहीं हैं, क्योंकि जब मैं मात्र दो–तीन माह का था, तब ही वहाँ से हम लोग चले गए थे। मुझे पहली याद जामनगर की है जो तटीय काठियावाड़ में एक छोटा सा राज्य है, यहाँ मेरे पिता अनेक युवा राजकुमार–राजकुमारियों को अंग्रेजी पढ़ाया करते थे। यह काम फॉरेस्टर और ऐकर्ले की परंपरा का था, लेकिन मेरे पिता की कोई साहित्यिक महत्त्वाकांक्षा नहीं थी। हालाँकि उनकी मृत्यु के बाद मुझे उनकी एक नोटबुक मिली, जिसमें मेरी माँ को संबोधित ढेर सारी प्रेम–कविताएँ थीं।

वास्तव में मेरे चलने की शुरुआत यहीं हुई, क्योंकि जामनगर महलों से पटा शहर था और यहाँ बड़े–बड़े लॉन और उद्यान थे और जब तक मैं तीन साल का हुआ, तब तक मैं लगभग अकेला ही एक बड़े भाग में घूम चुका था। कोबरा से सबसे पहले यहीं मेरा पाला पड़ा, हालाँकि उसने मुझे डसा नहीं और निकलने का रास्ता दिया।

नाग जमीन के बहुत करीब रहते हैं और हर पदचाप के प्रति अति संवेदनशील होते हैं। कुशाग्र बुद्धिवाला साँप यह जरूर जान गया होगा कि उसे मुझसे कोई खतरा नहीं है। मैं तो बिलकुल छोटा बच्चा था, जो अपने पैरों का इस्तेमाल करना सीख रहा था। मैं अंदर चला गया और साँप की घुमावदार चाल की तरह पेट के बल रेंगने की कोशिश करने लगा। लेकिन मैं ठीक तरीके से नहीं रेंग पाया, पैरों से चलना ही ज्यादा ठीक था।

मेरे पिता जिन बच्चों को पढ़ाते थे, उनमें तीन सुंदर राजकुमारियाँ भी थीं। इनमें से एक मेरी उम्र की थी, बाकी दो मुझसे बड़ी थीं। ये दोनों लड़कियाँ क्रमशः आठ और दस साल की रही होंगी। जिस वक्त इन 'उम्रदराज' लड़कियों पर मोहित हो गया, उस समय मैं चार या पाँच साल का था। पहले तो मैं पूरी तरह आश्वस्त नहीं था कि ये लड़की ही हैं, क्योंकि वे बराबर

जैकेट और पैंट पहने रहती थीं और उनके बाल भी बहुत छोटे थे। लेकिन मेरे पिता ने बताया कि ये लड़की हैं। मेरे पिता मुझसे कभी झूठ नहीं बोलते थे।

मेरे पिता का स्कूल का कमरा और हमारे रहने का कमरा एक पुराने महल में जंगल के बीच था। यहाँ मैं गेंदा और कॉसमॉस के फूलों के बीच उगी लंबी-लंबी घासों पर जी भरकर चहलकदमी कर सकता था। आया या नौकर मुझे बार-बार साँपों और बिच्छुओं से सतर्क रहने के बारे में चेताया करते थे।

बचपन में मैंने एक किताब पढ़ी थी—'लिटिल हेनरी एंड हिज बियरर', जिसमें लिटिल हेनरी ने अपने नौकर का धर्मांतरण कर उसे ईसाई बना लिया था। मुझे अकसर डर लगा रहता था कि मेरे साथ कहीं कुछ दूसरी अनहोनी न घट जाए! मेरी आया (भगवान्, उसकी आत्मा को शांति प्रदान करें) ने मुझे पान एवं बाजार के दूसरे प्रतिबंधित व्यंजन खाने की लत लगा दी थी, जबकि मेरे नौकर ने ठेठ हिंदुस्तानी भाषा में गाली सिखाई थी।

मेरे माता-पिता में से कोई भी बहुत अधिक धार्मिक प्रवृत्ति के नहीं थे और उस वक्त मुझे आज की तुलना में धार्मिक पुस्तिकाएँ भी बहुत कम ही मिलती थीं (दूर की एक आंटी ने लिटिल हेनरी उपहारस्वरूप दी थी)। आज हर कोई समझता है कि मैं कोई बहुत महत्त्वपूर्ण व्यक्ति हूँ, जबकि जब मैं बच्चा था, मुझे धर्म-प्रचारक से लेकर वयस्क लोग तक निष्ठुर तरीके से अकेले छोड़ देते थे। वास्तव में, कुछ साल बाद जब मैं अपनी एक आंटी के यहाँ गया हुआ था तो पहली बार धर्म को लेकर मुझे डर लगने लगा। हुआ यह था कि मैं आंटी के घर सीढ़ियों से गिर गया, जिसके कारण मेरे टखने में मोच आ गई थी। इस पर आंटी ने विजयी मुद्रा में मुझसे कहा था, 'देखा, चर्च नहीं जाने का हश्र क्या होता है!'

मेरे पिता एक भले इनसान थे। मैंने स्कूल जाना शुरू किया था, उसके पहले ही उन्होंने मुझे लिखना-पढ़ना सीखा दिया था। हालाँकि हकीकत तो यह है कि पहले मैंने नीचे से ऊपर यानी उलटा पढ़ना सीखा था। ऐसा इस

कारण हुआ कि मैं उन तीन राजकुमारियों के सामने स्टूल पर बैठकर उन्हें लिखते-पढ़ते देखता रहता था। और इस तरह उनकी किताबें तो मैं उलटी ही देखता था। अब भी कभी-कभार मैं उसी तरह पढ़ता हूँ, विशेषकर उस स्थिति में जब किताब उबाऊ लगने लगती है।

मेरी माँ मेरे पिता से कम-से-कम बारह साल छोटी थीं और वे पार्टियों एवं डांस में जाना पसंद करती थीं। मुझे आया या नौकरों की निगरानी में रखकर वे बहुत खुश रहती थीं। मुझे भी इस व्यवस्था से कोई आपत्ति नहीं थी। नौकर मुझे खुश करते रहते थे। इसी तरह मेरे पिता भी—वे जब कभी बंबई से लौटते थे, तो मेरे लिए किताबें, खिलौने, कॉमिक्स, चॉकलेट और डाक टिकटें ले आया करते थे।

समुद्र तट पर पैदल चलने और शंख एकत्र करते रहने के कारण मुझे जमीन पर नजर गड़ाकर चलने की आदत पड़ गई, जो अभी भी है। समुद्र तट पर चलने के कारण मेरी सोच की प्रक्रिया को मदद मिलने के अलावा सिक्का, चाबी, टूटी हुई चूड़ियाँ, संगमरमर, पेन, टूटे बरतन, सुंदर पत्थर, सोनपंखी, पंख, घोंघा के शंख जैसी असामान्य चीजों के संग्रह की भी आदत पड़ गई। इस आदत के कारण चलते वक्त यदा-कदा मैं अपने गंतव्य से भटक भी जाता हूँ। और इसमें बुरा भी क्या है? इसका सीधा मतलब नया और अलग गंतव्य व दृश्यों एवं आवाजों की खोज करना है। मुझे जहाँ जाना हो वहाँ अगर ठीक-ठाक रास्ते से पहुँच जाऊँ तो फिर यह खोज नहीं हो सकती। और फिर चलते वक्त मैं हमेशा जमीन पर नहीं देखता। साँप की तरह अगल-बगल की पदचाप के प्रति सजग रहता हूँ। मैं रास्ता चलते समय-समय पर अगल-बगल के लोगों के चेहरे की जाँच करने के लिए ऊपर की ओर भी देखता हूँ कि कहीं वे मुझसे कुछ कहना तो नहीं चाह रहे!

अगर किसी झाड़ी या पेड़ के ऊपर कोई चिड़िया गा रही हो, तो मेरा ध्यान तुरंत उधर चला जाता है। इसी तरह मुझे आकर्षित करते हैं अपरिचित फूल या पौधे, खासकर अगर वे किसी दीवार की दरार या मकान की छत पर

या किसी अहाते में जमा कूड़ा-करकट के ढेर पर उगे हुए हों, जैसे मैंने एक पुरानी फोर्ड कार की छत पर गुलाब की झाड़ी उगी देखी थी।

कुछ और तरह की पदयात्रा हैं जिनकी चर्चा मैं बाद में करूँगा। लेकिन पहले यह बता दूँ कि देहरादून और दादी के घर आने के बाद ही मैंने पाया कि मेरे पाँव सचमुच में वॉकर के समान हैं।

1939 में, जब द्वितीय विश्वयुद्ध शुरू हुआ, मेरे पिता आर.ए.एफ. में शामिल हो गए तो मैं और मेरी माँ, उनकी माँ (मेरी नानी) के साथ रहने देहरादून चले गए। मेरे पिता को बाहरी दिल्ली के एक टैंट में रहने की जगह मिली।

ट्रेन से जामनगर से देहरादून पहुँचने में दो या तीन दिन का समय लगा। लेकिन उस वक्त ट्रेनों में उतनी भीड़ नहीं रहती थी, जितनी कि आज रहती है। ट्रेन की लंबी यात्रा एक विस्तारित पिकनिक की तरह होती थी बशर्ते, कोई बीमार नहीं पड़े। ट्रेन अनेक छोटे स्टेशनों पर रुकती थी, स्मार्ट पोशाक में वेटर रेलवे का भरपूर खाना लाते थे। सदैव बदलते परिदृश्य, बड़ी-बड़ी नदियों के ऊपर बने पुल, जंगल, निर्जन स्थान, खेत, अगर तेज आँधी न आई हो, तो स्वच्छ और अप्रदूषित हवा रास्ते भर मिलती थी। तब बोतलबंद पेय कम ही मिलते थे, कभी-कभार मिलनेवाला नींबू पानी या विमटो ही बोतलबंद सॉफ्ट ड्रिंक्स थे। व्हिस्की पेग के लिए सोडा वाटर हमेशा उपलब्ध रहता था! हम लोग नारंगी और नींबू का शर्बत खुद बनाकर साथ लेकर चले थे।

यात्रा समाप्त होते-होते हम बुरी तरह थक चुके थे और पूरा चेहरा धूल से पट चुका था, लेकिन देहरादून के अत्यधिक सर्द मौसम ने जल्द ही हमें सामान्य बना दिया।

प्वायनसेटिया की लोहित लाल पत्तियाँ और फैली हुई वोगनविला बगीचे की दीवार की शोभा बढ़ाती थी जबकि अहाते में आम, लीची, पपीता, अमरूद और छोटे-बड़े नींबू उगते थे। अवकाश-प्राप्त आंग्ल-भारतीयों की यह पसंदीदा जगह 8 थी। मेरे नाना ने भी रेलवे की नौकरी से रिटायर होने के बाद ओल्ड

सर्वे रोड पर एक अच्छा, सुंदर-हवादार बँगला बनवाया था। आज भी यह बँगला वहीं खड़ा है। इतने दिनों में स्वामित्व के सिवा इसका कुछ और नहीं बदला है। देहरादून एक शांत गार्डन-टाउन था। मैंने यहाँ चालीस साल पहले पहली बार जो कुछ देखा था, उसका सिर्फ एक हिस्सा ही आज नजर आता है।

मुझे याद है, ट्रेन में एक दिन सुबह उठकर मैं खिड़की से जंगल के घने पेड़ों को देख रहा था। यूँ तो सभी तरह के पेड़ थे, लेकिन बहुतायत साल और शीशम के पेड़ों की थी। यहाँ-वहाँ जंगल का निर्वृक्ष क्षेत्र था या स्वच्छ जलप्रवाह था। यहाँ का पानी कल रास्ते में नदियों और तालाबों में दिखे कीचड़ भरे पानी से बिलकुल अलग था। जब हम एक बहुत बड़ी नदी के ऊपर से गुजर रहे थे, तो हमने हाथियों के झुंड को नीचे पानी में नहाते देखा था और शिवालिक पहाड़ी के जंगलों को छोड़ते हुए हम सभी ने दून घाटी में प्रवेश किया था, जहाँ गिरिपीठ से दूर धान और सरसों के खेत लहलहा रहे थे।

स्टेशन से बाहर निकलकर हम ताँगे पर सवार हुए और ताँगा चूँ-चूँ की तेज आवाज के साथ शांत सड़क पर तब तक आगे बढ़ता गया, जब तक हम नानी के घर नहीं पहुँच गए। नाना का देहांत कुछ साल पहले हो गया था और नानी यहाँ अकेले रहती थीं। सिर्फ कभी-कभार उनकी विवाहित बेटियाँ और उनका परिवार आता था। इसके अलावा नानी के अविवाहित लेकिन घुमक्कड़ बेटे, केन तब कभी यहाँ आते थे, जब खासकर केन का पैसा कम हो जाता था और वे यहाँ आ धमकते थे। नानी के यहाँ मिस केलनर नाम की एक किराएदार भी थीं। उन्होंने बँगले का एक हिस्सा किराए पर ले रखा था।

मिस केलनर जब लड़की थीं, उसी वक्त कलकता की एक सड़क-दुर्घटना में विकलांग हो गई थीं। उसके बाद पूरे वयस्क जीवन में वे कुरसी से बँधी रहीं। उनके माता-पिता कुछ पैसे छोड़ गए हैं, जिसकी बदौलत वे एक आया और चार हृष्ट-पुष्ट पालकी उठाने वाले कहारों को रखती हैं। यही कहार उनकी

कुरसी घसकाते हैं और जब कभी वे बाहर निकलना चाहती हैं, तो उन्हें पालकीनुमा कुरसी या रिक्शा से बाहर ले जाते हैं। उनके पास कुरसी और रिक्शा, दोनों चीज हैं। उनके हाथ विकृत हैं और वे मुश्किल से पेन पकड़ पाती हैं। लेकिन वे ताश बखूबी खेल लेती हैं। उन्होंने मुझे ताश के कई खेल सिखाए भी थे, जिन्हें मैं अब भूल गया हूँ। मिस केलनर अकेली हैं, जिनके साथ मैं ताश खेल सकता हूँ। वे मुझे बेईमानी करने की पूरी छूट भी देती हैं।

नानी ने एक पूर्णकालिक माली रखा हुआ है। उसका नाम दुःखी है। मुझे याद नहीं कि कभी वह हँसा या मुसकराया हो। मुझे नहीं पता, इस घोर त्रासदी के पीछे कौन सी व्यथा छुपी हुई है। (वह पूछने पर भी अपने बारे में कुछ नहीं बताता) लेकिन वह मेरे प्रति विनम्र है और मुझसे फूलों तथा इनकी विशेषताओं के बारे में बातें करता है।

यहाँ मीठे मटर की कतार-दर-कतार, फ्लौक्स और सुगंधित स्नैपड्रैगन की अनेक क्यारियाँ तथा बरामदे की सीढ़ियों पर जिरानिमस और उद्यान के दीवारों से सटे हॉलीहॉक्स के पेड़ थे। घर के पिछवाड़े में फलों के पेड़ थे। नाना की मृत्यु के बाद इनमें से कई उपेक्षित पड़े हुए हैं। दोपहर बाद यहाँ चहलकदमी करना मुझे अच्छा लगता है; क्योंकि पुराना बगीचा पूरी तरह शांत और निजी तथा संभावनाओं से भरपूर है। मैंने कटहल के एक पुराने पेड़ को अपना साथी बना लिया था। उसके धड़ में एक बड़ा छेद था, जिसमें मैं संगमरमर, सिक्का, गुलेल और दूसरी बहुमूल्य चीजों को जमाकर ठीक उसी तरह रखता था, जिस तरह मादा कौवा गर्भावस्था के दौरान चमकीली चीजों को जमाकर रखती है।

मैं पेड़ पर कभी ठीक-ठाक तरीके से नहीं चढ़ पाया। अकसर डाल से गिर जाता था, लेकिन दीवारों पर चढ़ना मुझे पसंद है (और आज भी चढ़ता हूँ)। बहुत दिन नहीं हुए, जब मैं एक दिन फलोद्यान की दीवार पर चढ़ गया था और फिर किसी अज्ञात भू-भाग में जा गिरा था और देहरादून के बाजार व गलियों की छानबीन करता रहा था।

□

11

टेढ़ा-मेढ़ा रास्ता

अंकल केन हमेशा कहा करते थे कि जीवन में सफलता का सबसे अच्छा रास्ता टेढ़ा-मेढ़ा होता है। उनका कहना था, 'अगर तुम नई दिशा में आगे बढ़ोगे, तो तुम्हें कैरियर के नए अवसर मिलेंगे।'

बहुत अच्छा, सफलता निश्चित तौर पर अंकल के रास्ते आती है। लेकिन डेल करेंजी या दीपक चोपड़ा ने सफल व्यक्ति की जो परिभाषा दी है, उसके अनुसार अंकल केन सफल नहीं थे। अंकल केन अपनी लंबी जिंदगी परिवार की मदद से किसी तरह गुजारते रहे। इस दरम्यान उन्होंने कई प्रोजेक्ट शुरू किए। इनमें चिकेन फार्म (ठीक वोडहाउस की 'लव अमंग द चिकेन' में उक्रीज के द्वारा संचालित फार्म की तरह) और एक मिनरल वाटर बॉटलिंग प्रोजेक्ट भी शामिल है। बाद वाले उद्यम के लिए उन्होंने हजारों सोडावाटर बोतल खरीदी। इन बोतलों में सल्फर वाटर भर दिया। वह सल्फर वाटर देहरादून से पाँच मील दूर अवस्थित झरने से लाए थे। अगर थोड़ी मात्र में ली जाए तो यह अच्छी सामग्री थी। लेकिन, जैसाकि एक उत्तेजित ग्राहक ने बताया, 'एक बार में पूरी बोतल—सल्फर और ब्राइमस्टोन पी जाना बहुत ही क्षयकारी साबित हुआ।' गुस्साए खरीदारों ने घर के आगे प्रदर्शन किया और नानी के घर व उद्यान की दीवारों के ऊपर से खाली बोतलें फेंकी।

नानी प्रचंड रूप से गुस्सा हो गईं। उनका गुस्सा प्रदर्शन करनेवालों से ज्यादा अंकल केन के खिलाफ था। उन्होंने अंकल केन से सभी ग्राहकों का

पैसा लौटाने को कहा।

अंकल केन ने बाद में सफाई दी, 'सल्फर वाटर पीने के लिए तुम्हें पहले स्वस्थ और मजबूत होना होगा।

मैंने कहा, 'मैं समझ रहा था कि यह पीनेवालों को स्वस्थ और मजबूत बनाएगा।'

नाना ने कहा कि वह जो सोडा वाटर व्हीस्की के साथ लेते हैं, उससे यह मेल नहीं खाता। उन्होंने कहा, 'तुम सिर्फ सोडा वाटर क्यों नहीं भरते ? उसकी तो बहुत अधिक माँग है।'

लेकिन अंकल केन का मानना था कि उन्हें हर चीज में मौलिक होना है। उन्होंने कहा, 'टेढ़ा-मेढ़ा होना ही सफलता का रहस्य है।'

नानी ने कहा, 'जब तुम्हारे ग्राहक खाली बोतल तुम पर फेंक रहे थे, उस वक्त तुम निश्चित रूप से उद्यान के चारों ओर टेढ़े-मेढ़े ढंग से चक्कर लगा रहे होंगे।'

अंकल केन ने 'टेढ़ी-मेढ़ी चाल को भी ईजाद किया था।

तुम किसी जगह को अच्छी तरह से जान सको, इसका एकमात्र तरीका टेढ़े-मेढ़े रास्ते से होकर टहलना है। इसके लिए पहले टर्निंग पर बाएँ घूमो, इसके बाद पहली दाईं टर्निंग, इसके बाद पहली बाईं टर्निंग पर घूमो और फिर इसी तरह आगे बढ़ते जाओ। अगर तुम्हें अपने गंतव्य स्थान पर पहुँचने की कोई जल्दबाजी नहीं होगी, तो इसमें बहुत मजा आएगा। समस्या यह थी कि अंकल केन को अगर ट्रेन पकड़नी होती थी, तब भी वे इसी टेढ़े-मेढ़े रास्ते को अपनाते थे।

नानी ने जब उन्हें स्टेशन जाकर लखनऊ से आ रहीं माबेल आंटी को साथ लाने को कहा तो वे टेढ़े-मेढ़े रास्ते से होते हुए पूरे शहर में भटकते रहे। वे पश्चिम में बोटनिकल गार्डन तो पूरब में लाइमस्टोन फैक्टरी तक चले गए। अंततः मालगाड़ी के यार्ड से होते हुए स्टेशन पहुँचे। उन्होंने बताया कि ऐसा इसलिए किया कि लोग इसे सुनकर आश्चर्यचकित होंगे।

लेकिन किसी को कोई आश्चर्य नहीं हुआ—यहाँ तक कि माबेल आंटी

को भी नहीं, जो ताँगा पकड़कर घर पहुँच गई थीं और अंकल केन स्टेशन प्लेटफार्म पर बैठकर आने वाली अगली ट्रेन का इंतजार कर रहे थे। उन्हें वापस लाने के लिए मुझे भेजा गया।

उन्होंने कहा, 'अब हम टेढ़े-मेढ़े रास्ते से ही घर लौटते हैं।'

मैंने कहा, 'सिर्फ इस शर्त पर कि हर पंद्रह मिनट पर हम चाट खाते चलेंगे।'

तो फिर हम घुमावदार बाजार के रास्ते घर की ओर चले। उत्तर भारतीय शहर का रास्ता काफी टेढ़ा-मेढ़ा होता भी है। रास्ते में हम चाट और हलवाई की कई दुकानों पर रूके। यह सिलसिला तब तक चलता रहा, जब तक अंकल केन के पास पैसा खत्म नहीं हो गया। हम घर बहुत देर से पहुँचे। सभी लोगों ने डाँट पिलाई। लेकिन जैसाकि अंकल केन ने मुझे बताया, 'हम लोग अग्रगामी थे। इसलिए लोग तो हमें गलत समझेंगे ही। वे निंदा भी करेंगे। टेढ़े-मेढ़े रास्ते का असली महत्त्व अगली पीढ़ी समझेगी।'

अंकल केन ने कहा, 'टेढ़ा-मेढ़ा रास्ता दिल और दिमाग को जोड़ने का माध्यम है।'

आज के ज्यादा तंग माहौल में अगर अंकल केन इस विषय की शिक्षा देते तो शायद बहुत सारे ड्रॉपआउट, यानी बीच में ही पढ़ाई छोड़ देनेवाले उनके अनुयायी हो जाते। लेकिन अंकल केन तो ऑरिजनल ड्रॉपआउट थे। किसी और को कतई कबूल नहीं कर सकते थे।

अगर वे अंतरिक्ष-यात्री होते तो निश्चित तौर पर टेढ़े-मेढ़े रास्ते से सितारा-दर-सितारा होते हुए अपनी यात्रा पूरी करते!

अंकेल केन को कहीं भी बहुत तेजी से पहुँचने में कामयाबी नहीं मिली। लेकिन मेरा मानना है कि उन्हें कम-से-कम मेरा विचार बदलने में तो जरूर कामयाबी मिली है। मैं मानता हूँ कि उनकी इन बातों में निश्चित तौर से दम है कि 'अगर तुम टेढ़ा-मेढ़ा रास्ता चुनते हो, तो तुम इसे दुनिया को देखने के लिए नहीं चुनते बल्कि तुम दुनिया को एक अवसर देते हो कि वह तुम्हें देखे।'

□

12

अंकल केन के साथ साइकिल की सवारी

साइकिल पर किसी लड़की के साथ चलते हुए उसे चूम लेना कोई आसान काम नहीं है, लेकिन मैंने इसे उस समय कर लिया था, जब मैं मात्र तेरह साल का और मेरी ममेरी बहन इलिसा चौदह की थी। यह अलग बात है कि इस प्रक्रिया में हम दोनों गिरकर नानी के उद्यान की फूलों की क्यारियों में पहुँच गए थे, जहाँ हमें जलकुंभी का गद्‌देदार आसन मिला था।

मैं एकदम अनाड़ी लड़का था। हमेशा साइकिल से गिर पड़ता था। मेरी ममेरी बहन इलिसा मुझे ठीक तरह से साइकिल चलाना सिखाती थी। वह मुझे आगे की सीट पर बैठा देती थी और खुद पीछे बैठकर जटिल मशीन के बारे में मुझे बताती रहती थी। मैंने उसे सिर्फ प्रयोग के तौर पर चूमा था। इसके पहले मैंने किसी और लड़की को नहीं चूमा था और ममेरी बहन इलिसा चूँकि चूमने लायक लग रही थी, इसलिए मैंने उसी से शुरुआत करने की सोच ली। मैं एकटक उसे निहारता रहा, तभी मैंने उसके गाल तो मैंने उसे चूम लिया, जब वह मुझे साइकिल चेन की जटिलताओं के बारे में बता रही थी। वह मेरी करतूत से इस कदर चौंकी कि साइकिल और मुझे लिये-दिए नीचे गिर पड़ी।

बाद में उसने नानी के सामने मेरी पेशी करवाई। नानी ने उससे कहा,

'इस लड़के पर ध्यान रखो। इसके लक्षण लंपट किस्म के हैं।'

मैंने अपने प्यारे अंकल से पूछा, 'इस लंपट का मतलब क्या हुआ, अंकल केन?'

'इसका मतलब हुआ कि तुम कुत्ते के रास्ते जा रहे हो। तुम्हें अपनी ममेरी बहन को नहीं चूमना चाहिए था।'

'क्या मैं दूसरी लड़कियों को चूम सकता हूँ?'

'सिर्फ उस हालत में ही, जब उन्हें यह मंजूर हो।'

'क्या आपने कभी किसी लड़की को चूमा है, अंकल केन?'

शरमाते हुए अंकल केन बोले—'अरे··· बहुत··· बहुत··· पहले।'

'मुझे इसके बारे में बताएँ।'

'फिर कभी।'

'नहीं, मुझे अभी बताएँ। उस समय आपकी उम्र क्या रही होगी?'

'करीब बीस साल।'

'और उसकी उम्र क्या थी?'

'थोड़ी कम।'

'तो फिर क्या हुआ?'

'हम साथ-साथ साइकिल चलाते थे। मैं आगरा में रह रहा था। तुम्हारे नाना वहाँ रेलवे में काम करते थे। डेजी के पिता इंजन ड्राइवर थे। लेकिन उसे इंजन अच्छा नहीं लगता था। इंजन उसे कालिख से पोत देते थे। उन दिनों हर किसी के पास साइकिल होती थी। सिर्फ बहुत अमीर लोग कार रखते थे। और साइकिल की बराबरी कार नहीं कर सकती थी। हम कैंटोनमेंट एरिया में रहते थे, जहाँ की सड़कें सीधी और चौड़ी थीं। डेजी और मैं साइकिल से फतेहपुर सिकरी और सिकंदराबाद तक जाते थे। ताजमहल तक भी जाते थे। एक बार हमने ताजमहल चाँदनी रात में देखा और हम बहुत ही रोमांटिक हो गए। जब मैं उसे घर छोड़ने जा रहा था, तो रास्ते में अशोक के पेड़ के नीचे उसे चूम लिया।'

'मैं नहीं जानता था कि आप इतने रोमांटिक भी थे, अंकल केन! तो फिर आपने डेजी से शादी क्यों नहीं की?'

'मैं नौकरी नहीं करता था। मुझे नौकरी मिल जाने तक उसने इंतजार करने को कहा था, लेकिन दो साल बाद वह इंतजार करते-करते थक गई। उसने एक टिकट निरीक्षक से शादी कर ली।'

मैंने कहा, 'ओह, इतनी दुखद कहानी है! और आपके पास आज भी नौकरी नहीं है!'

अंकल केन ने कई तरह की नौकरी कीं—प्राइवेट ट्यूटर, सेल्समैन, शॉप असिस्टेंट, होटल मैनेजर (जब तक होटल को बंद नहीं करा दिया), और क्रिकेट कोच। क्रिकेट कोच की नौकरी उन्हें सिर्फ इस कारण मिल गई थी, क्योंकि उनकी शक्ल ज्यॉफ बायकॉट से मिलती-जुलती थी। लेकिन फिलहाल वे बेरोजगार थे और अपने जीवन के अनुभवों को मुझे सुनाने में लगे हुए थे।

उन्होंने मुझे न सिर्फ साइकिल चलाना सिखाया, बल्कि साइकिल से पूरे देहरादून और शहर के बाहर की गलियों व सड़कों का चक्कर काटने में भी मेरा साथ दिया।

साइकिल अपने सवार को कई तरह की आजादी देती है। कार भी आपको आगे ले जाएगी, लेकिन चूँकि आप अंदर में सीमित जगह में बैठे होते हैं, इसलिए आपके पास खुली जगहों और अपरिचित सड़कों को देखने की आजादी नहीं रहती। साइकिल पर आप अपने चेहरे पर पड़नेवाले हवा के झोंके को महसूस कर सकते हैं, आम के पेड़ों की सुगंध ले सकते हैं, साइकिल को धीमी कर तालाब में लोट रही भैंसों को निहार सकते हैं या फिर कहीं भी साइकिल को रोककर उसपर से उतरकर चाय या गन्ने का रस पी सकते हैं। पाँव घसीटकर कहीं पहुँचने में समय लगता है और कारें बहुत तेज चलती हैं—आप ठीक से कुछ देख सकें, इसके पहले ही वह सनसनाकर पीछे छूट जाता है—और कार ड्राइवरों को गाड़ी खड़ी करने से चिढ़ होती है, वे सिर्फ कम-से-कम समय में गंतव्य स्थान पर पहुँच जाना चाहते हैं। लेकिन जो

लोग आराम से दुनिया को देखना चाहते हैं और साथ-ही-साथ चाहते हैं कि दुनिया भी उन्हें देखे, उनके लिए साइकिल सबसे अच्छी सवारी है।

मैंने अंकल केन के साथ जाड़े की छुट्टियों में मजेदार साइकिल-सवारी की थी। इसमें सबसे यादगार शहर के बाहरी छोर पर स्थित रेस्टहोम की अनियोजित यात्रा थी। अब वह रेस्ट होम वहाँ नहीं है, इसलिए उसे देखने नहीं जाइएगा। उस दिन हम दोनों ने बहुत अधिक साइकिल चलाई थी, इसलिए हम बहुत थके हुए थे। प्यास भी बहुत जोर से लगी हुई थी। उस रोड पर कहीं किसी चाय दुकान का कोई अता-पता नहीं था, लेकिन ज्योंही हम एक मोहक भवन के खुले गेट के पास पहुँचे तो वहाँ एक साइनबोर्ड मिला। साइनबोर्ड पर लिखा हुआ था—रेस्ट एंड रिक्यूपिरेशन सेंटर। हमने सोचा यह कोई होटल या हॉस्टल है और हम सीधे परिसर के अंदर घुस गए। अंदर में एक तरफ बाड़ों तथा फूलों से घिरा एक बड़ा-सा लॉन था। लॉन में बहुत से लोग टहल रहे थे। कुछ लोग बेंच पर बैठे हुए थे। एक या दो लोग दीवार पर खड़े होकर आपस में गप्पें मार रहे थे। एक आदमी बिना किसी श्रोता के गा रहा था। इनमें कुछ लोग यूरोपियन और कुछ भारतीय थे।

बरसाती में अपनी साइकिल छोड़कर हम नाश्ते की तलाश में निकले। सफेद साड़ी पहनी हुई एक महिला ने हमें सुराही से ठंडा पानी दिया और अपने दफ्तर के बाहर पड़ी बेंच पर बैठ जाने को कहा। लेकिन अंकल केन ने कहा कि हमें कुछ आगंतुकों से मिलना चाहिए। हम लॉन में उस गायक के पास चले गए, जो अकेले में ही अभ्यास कर रहा था। वह आलंकारिक भद्र पुरुष था—बहुत ही मोटा-तगड़ा!

जब हम उसके पास पहुँचे तो उसने सवाल किया, 'क्या आपको मेरा गाना पसंद है?'

अंकल केन ने कहा, 'अद्‌भुत! आप करूजो की तरह गाते हैं।'

गायक ने दृढ़ता के साथ कहा, 'मैं करूजो ही हूँ!' इतना कहने के साथ ही वह एक संगीतीय लय की शुरुआती पंक्तियों को गाने लगा।

हम जल्दी से आगे बढ़े। हमारी मुलाकात एक सुशिष्ट जोड़े से हुई। यह जोड़ा लॉन के चारों ओर टहल रहा था और अदृश्य भीड़ की ओर हाथ हिलाए जा रहा था।

एक भड़कीले सज्जन ने हमारी ओर मुखातिब हो कहा, 'गुड डे टू यू जेंटलमेन। आप तो स्वीडन के एंबेंसडर हैं न?'

अंकल केन ने जोशपूर्ण अंदाज में जवाब दिया, 'इफ यू सो विश! और आप… ?'

'इंपेरर नेपोलियन, ऑफकोर्स।'

उस सज्जन के बगल में खड़ी महिला की ओर मुखातिब होकर अंकल केन ने कहा, 'ऑफकोर्स! और यह तो इमप्रेस जॉसफिन ही होंगीं?'

नेपोलियन ने कहा, 'दरअसल, ये मेरी वालेस्का हैं। जॉसफिन आज बीमार हैं।'

मैं खुद को 'मैड हेटर' की 'टी पार्टी' के एलाइस की तरह महसूस करने लगा था और अंकल केन के कोट की बाँह को रगड़ते हुए उनके कान में बुदबुदाया कि हम लोगों को लंच में देरी हो रही है।

इसी बीच पगड़ी बाँधे लंबी-लंबी मूँछोंवाला एक व्यक्ति हमारे सामने दिखाई दिया। उसने बड़े ताव से कहा, 'मैं पृथ्वीराज चौहान हूँ। आप हमारे राजमहल में डिनर के लिए आमंत्रित हैं।'

अंकल केन ने जवाब दिया, 'महाराज आप यहाँ हैं! आपका साथ होना सचमुच हमारे लिए बड़े गौरव की बात है।'

मैंने घबराहट में कहा, 'मेरे लिए भी।'

'मेरे साथ आओ बालक, मैं और लोगों का परिचय कराता हूँ।' पृथ्वीराज चौहान ने मेरा हाथ पकड़ लिया और लॉन में गाइड करते हुए आगे बढ़ता रहा—'यहाँ कई नामी-गिरामी पुरुष और महिलाएँ हैं। यहाँ मार्को पोलो हैं। वे अभी चीन से लौटे हैं। और अगर तुम्हें करूजो का गायन पसंद नहीं है तो फिर उस इमली के पेड़ के नीचे तानसेन हैं। शायद तुम्हें मालूम होगा कि

सुरीली आवाज के लिए इमली का पत्ता बहुत अच्छा होता है। और जो ये सज्जन हैं, वे लॉर्ड कर्जन हैं, जो वायसराय हैं। वे मारकेश के सुलतान के साथ बात कर रहे हैं। मेरे साथ आओ, मैं उन सभी से तुम्हारा परिचय कराता हूँ...ये डेनमार्क के राजकुमार हैं, यहीं हो न?'

मैं इसका खंडन करता, इसके पहले ही सफेद कोट पहने एक सज्जन ने हमें बीच में ही रोका। उनके साथ सफेद कोट में ही उनका असिस्टेंट भी था। वे इंचार्ज जैसे दिख रहे थे।

इन दोनों में से बड़े ने पूछा, 'और तुम यहाँ क्या कर रहे हो, बच्चे?'

अंकल केन की ओर इशारा करते हुए मैंने जवाब दिया, 'मैं अपने अंकल के साथ आया हूँ।' अंकल केन ने आगे बढ़कर गर्मजोशी के साथ इंचार्ज से हाथ मिलाया।

अंकल केन ने कहा, 'और आप तो डॉ. फ्रायड हैं न! बहुत ही आनंददायक जगह है यह।'

'दरअसल, मैं डॉ. गोयल हूँ। तुम हमारे नए रोगी हो, जिसका हमें इंतजार था। लेकिन उन लोगों ने तुम्हें एक बालक के साथ यहाँ भेज दिया है। कोई बात नहीं, हमारे साथ ऑफिस चलो। हम तुम्हें भरती कर लेंगे।'

अंकल केन और मैंने प्रतिरोध किया कि हम लोग संभाव्य रोगी नहीं हैं। इसे साबित करने के लिए हमारे पास अपनी साइकिल है! फिर भी डॉ. गोयल हमारी बातों को मानने के लिए कतई तैयार नहीं थे। डॉ. गोयल और उनका असिस्टेंट अंकल केन को अपनी बाँहों में टाँगकर अपने दफ्तर तक ले गए। मैं उनके पीछे-पीछे चलता गया और यह सोचता रहा कि अच्छा रहेगा कि मैं अपनी साइकिल लेकर यहाँ से भाग जाऊँ और जाकर नानी को यह दुःखद खबर दूँ कि अंकल केन को पागलखाने में बंदी बना लिया गया है।

ठीक उसी समय एक एंबुलेंस वास्तविक रोगी, उत्पीड़न मनोग्रंथि से ग्रस्त एक प्रिंसिपल को लेकर पहुँची। वह पक्के तौर पर संतुलित व्यक्ति की तरह चिल्ला रहा था कि उनके संपूर्ण स्टाफ ने उन्हें स्कूल से निकालने की

साजिश रच रखी है। यह सही ही लग रहा था, क्योंकि स्टाफ यहाँ यह सुनिश्चित करने में जुटे हुए थे कि प्रिंसिपल किसी तरह यहाँ से भाग सकें।

डॉ. गोयल ने अंकल केन से और अंकल केन ने डॉ. गोयल से माफी माँगी। सज्जन डॉक्टर हमारे साथ गेट तक भी आए। उन्होंने अंकल केन से हाथ मिलाया और कहा, 'मुझे लग रहा है कि आप यहाँ फिर आएँगे।' मेरे अंकल को निहारते हुए उन्होंने कहा, 'लगता है, आपको कहीं पहले भी देखा है, सर! आपने अपना नाम क्या बताया था?'

अंकल केन ने शरारत के साथ कहा, 'ज्यॉफ बायकाट' और फिर वे उनके बारे में दूसरी राय बनाते, इससे पहले ही हम वहाँ से निकल गए।

□

13

अंकल केन के साथ समुद्र किनारे

अंकल केन के साथ आप हमेशा असंभव को भी संभव हुआ देख सकते हैं। यहाँ तक कि बिलकुल सामान्य स्थितियों में भी उनके और उनके आस-पास के लोगों के साथ कुछ असामान्य घटना घट जाती थी। वे विभ्रम के उत्प्रेरक थे।

मेरी माँ को यह ठीक से मालूम होगा। इसके बावजूद मेरी स्कूली पढ़ाई पूरी होने के साल भर बाद उन्होंने अंकल केन को मेरे साथ इंग्लैंड जाने को कह दिया। उन्हें लगा कि सोलह साल का लड़का अकेले जहाज से नहीं जा पाएगा। मेरा पैसा गायब हो जाएगा या मैं उसे खो दूँगा या जहाज के नीचे गिर जाऊँगा या फिर मुझे कोई भयानक बीमारी हो जाएगी। उन्हें यह जानना चाहिए था कि उनके इकलौते भाई (अपनी पाँच बहनों के द्वारा बुरी तरह बरबाद कर दिए गए) अंकल केन के द्वारा ये सारी कारगुजारियाँ किए जाने की संभावना अधिक थी।

बहरहाल, उन्हें मेरा इंचार्ज बना दिया गया और यह जिम्मेदारी दी गई कि वे मुझे इंग्लैंड में मेरी आंटी के पास सुरक्षित पहुँचा दें। इसके बाद उन्हें जो अच्छा लगे करें या तो इंग्लैंड में रुकें, या फिर भारत लौट आएँ। नानी ने उनके टिकट का पैसा दिया था। इस तरह उन्हें फ्री हॉलिडे का उपहार मिल गया था, जिसमें उच्च्व श्रेणी के पी. ऐंड ओ. लाइनर जहाज से समुद्र-यात्रा का अवसर भी शामिल था।

बंबई तक की हमारी ट्रेन-यात्रा बिना किसी दुर्घटना के पूरी हो गई। हालाँकि अंकल केन अपना चश्मा किसी गलत जगह रख, किसी दूसरे का चश्मा पहनकर स्टेशन पर उतर गए थे। इसके कारण उन्हें कुछ कम दिखने लगा था। नतीजा यह हुआ कि स्टेशन मास्टर को वे पोर्टर समझ उन्हें हमारे सामान पर निगरानी रखने का निर्देश दे बैठे।

एस.एस. स्ट्रेथनेवर पर सवार होने के पहले हम लोग बंबई में दो दिन ठहरे। अंकल केन ने वादा किया कि वे हमारा पूरा मनोरंजन करते रहेंगे। हालाँकि अपने बजट को लेकर वे मजबूर थे। यही कारण था कि वे मुझे लेमिंगटन रोड के एक ऐसे फटीचर होटल में ले गए, जहाँ हमें अन्य बीस लोगों के साथ शौचालय शेयर करना पड़ा।

फिर भी दिलासा दिलाते हुए उन्होंने कहा, 'चिंता मत करो, इस खोबाड़ में हम ज्यादा समय नहीं रहेंगे।' और वे मुझे घुमाने के लिए मेरिन ड्राइव और गेट वे ऑफ इंडिया ले गए। कोलाबा के ईरानी रेस्टोरेंट में सुपर डिनर कराया, जहाँ हम लोगों ने झींगा करी और सेंटेड चावल का आनंद उठाया। मुझे नहीं पता, करी, झींगा या सेंट में से किसने असर दिखाया, लेकिन होटल लौटने के बाद अंकल केन बार-बार उसी शौचालय में जा रहे थे। इसके कारण किसी दूसरे को इसके इस्तेमाल का मौका नहीं मिल पा रहा था। कई हतोत्साहित यात्रियों ने अपनी-अपनी खिड़कियाँ खोल रखी थीं और कमरे के बाहर आकर अंकल केन को लगातार कोसते जा रहे थे।

अंकल केन सुबह तक ठीक हो गए थे और उन्होंने एलीफेंटा गुफाएँ चलने का प्रस्ताव रखा। फिश पिकल, मालबार चिली चटनी और स्वीट गुजराती पूरी के नाश्ते के बाद हम कई दूसरे पर्यटकों के साथ एक नाव पर सवार हुए और संक्षिप्त समुद्री परिभ्रमण पर निकल पड़े। समुद्र अस्थिर था और हम थोड़ा ही आगे बढ़े थे कि अंकल केन ने अपने नाश्ते को समुद्र की मछलियों के साथ शेयर करने का निर्णय ले लिया। हम लोग समुद्र तट पर गए। उस समय तक अंकल केन समुद्र तट पर उगे पौधे की तरह हरे दिख

रहे थे। लेकिन वहाँ पहुँचते ही वे बालू पर गिर पड़े और हिलने-डुलने का बिलकुल नाम नहीं ले रहे थे। इस कारण हम गुफाओं में बहुत कुछ नहीं देख सके। मैं उनके लिए नारियल पानी लाया, तब जाकर वे थोड़ा ठीक हुए और सुझाव रखा कि जहाज पर सवार होने का जब तक समय नहीं हो जाता, तब तक हम कुछ खाए-पीएँ नहीं।

अगली सुबह हम ठीक-ठाक जहाज पर सवार हो गए और जहाज सुंदर तरीके से बलार्ड पोत से आगे बढ़ गया। बंबई और भारत काफी पीछे छूट गए। संभवत: हमेशा के लिए क्योंकि मैं फिर कभी लौट भी सकूँगा, इसका मुझे भरोसा नहीं था। समुद्र मुझे सम्मोहित कर रहा था और पूरे दिन मैं डेक पर रहा और छोटे जलयानों, गुजर रहे स्टीमरों, समुद्री पक्षी, दूरस्थ समुद्र तट, समुद्री जल की महक, लहरों की उछाल और सहयात्रियों को देखता रहा। अब मेरी समझ में यह बात आ गई कि आखिर कनार्ड, स्टीवेंसन, मगहम जैसे लेखक आखिर समुद्र-यात्रा के प्रति अत्यधिक सम्मोहित क्यों नजर आते हैं!

बहरहाल, अंकल केन अपने केबिन में बंद रहे। जहाज की चाल ने उन्हें पूरी तरह बीमार कर दिया था। अगर बंबई में वे हरे दिख रहे थे, तो अब समुद्र के बीच वे पीले नजर आ रहे थे। मैंने डाइनिंग सैलून में खाना खाया। यहाँ मेरी मुलाकात एक हस्तरेखा विशेषज्ञ भविष्यवक्ता से हुई, जो खुद अपना भविष्य बनाने लंदन जा रहा था। उसने मेरे हाथों को देखा और बताया कि मैं कभी अमीर नहीं बन पाऊँगा, लेकिन दूसरों को अमीर बनाने में मदद जरूर करूँगा।

अंकल केन ने जब थोड़ा बेहतर महसूस किया (समुद्री-यात्रा के तीसरे दिन) तो वे डेक के ऊपर आए। समुद्री हवा में जमकर श्वास लिया और डेक चेयर पर जाकर बैठ गए। पूरे दिन झपकी लेते रहे, लेकिन लाउंज की ओर तेजी से जाती हुई एक आकर्षक ब्लांडी (श्वेत बालों व रंग वाली सुंदरी) को देखकर अचानक पूरी तरह सचेत हो गए। कुछ समय बाद हमें पियानो की

मधुर आवाज सुनाई पड़ी। मोहित हो अंकल केन उठे और लड़खड़ाते हुए लाउंज में पहुँच गए। लड़की पियानो पर शास्त्रीय धुन बजा रही थी। वैसे सामान्य तौर पर अंकल केन की इसमें कोई दिलचस्पी नहीं रहती थी, लेकिन वे लड़की के आकर्षक रूप-रंग से वशीभूत हो गए थे। वे पूरी तरह आनंदित थे, उनकी आँखें चमक रही थीं और लाउंज के दरवाजे के सीसे से दबे नाक के कारण उनका जबड़ा लटक रहा था। अंकल केन को देख मुझे उस गोल्ड फिश की याद आ गई, जिसे तालाब में तुरंत ही आयी एंजल फिश से प्यार हो गया था।

वे बुदबुदाए, 'वह क्या बजा रही है?' दरअसल, अंकल केन को मालूम था कि मैं अपने पिता के शास्त्रीय रिकार्डो के विशाल संग्रह के बीच बड़ा हुआ हूँ। मुझसे यह सवाल पूछने का शायद यही कारण था।

मैंने अटकल लगाया, 'रचमनिनऑफ या फिर रिम्सकी कोरसाकोव!'

वे गिड़गिड़ाए, 'कुछ ऐसा बताओ, जिसका उच्चारण आसान हो।'

मैंने कहा, 'चॉपिन।'

'और सर्वाधिक मशहूर कंपोजिशन क्या है?'

'पोलोनाइज इल ए फ्लैट या फिर इ मानर हो सकता है।'

उन्होंने लाउंज का दरवाजा खोला और अंदर चले गए। लड़की ने जब पियानो बजाना खत्म किया तो उन्होंने जोर से तालियाँ बजाकर वाह-वाह किया। लड़की ने मुसकराकर उनकी वाह-वाही स्वीकार की और फिर कुछ और बजाने में जुट गई। जब उसने बजाना पूरा किया, तो उन्होंने फिर तालियाँ बजाकर कहा, 'वंडरफुल! इससे बेहतर चोपिन कभी नहीं सुना! '

लड़की ने कहा, 'दरअसल, यह चायकोवस्की है।' लेकिन उसने कोई ध्यान नहीं दिया।

अंकल केन उसके हर प्रैक्टिस सेशन में उपस्थित होने लगे और बहुत जल्द ही उसके साथ डेक पर चहलकदमी करने लगे। वह ऑस्ट्रेलिया की थी और कंसर्ट पियानोवादक के रूप में अपना म्यूजिकल कैरियर शुरू करने

लंदन जा रही थी। मुझे नहीं पता, उसे अंकल केन में क्या दिखा, लेकिन वे हर सही व्यक्ति को जानते हैं और जीर्ण-शीर्ण हालत में भी बहुत अच्छे दिखते हैं।

मैं खुद के भरोसे छोड़ दिया गया था। इस बीच मैं अपने ज्योतिष मित्र के आगे-पीछे रहा और उसके द्वारा सहयात्रियों के हाथ देखे जाने का अवलोकन करता रहा। वह रोमांस, परिभ्रमण, खुशहाली, स्वास्थ्य, धन और आयु के बारे में तो भविष्यवाणी करता था, लेकिन ऐसी कोई भविष्यवाणी नहीं करता था, जिससे लोग घबरा जाएँ। चूँकि वह हाथ देखने का कोई शुल्क नहीं लेता था (आखिरकार वह अवकाश पर जो था), इसलिए पूरी यात्रा में लोकप्रिय यात्री बना रहा। बाद में वह नामी ज्योतिष व भविष्य वक्ता बन गया। यूरोप की राजधानी में भारतीय 'शिनारो' की बहुत माँग थी।

समुद्री-यात्रा 18 दिनों की रही। इस बीच यात्रियों और जहाजी माल को चढ़ाने-उतारने के लिए एडेन, पोर्ट सेड मरसेलिस में जहाज रुका। पोर्ट सेड में जहाज रुका तो अंकल केन और उनकी मित्र दर्शनीय स्थलों को देखने और थोड़ी शॉपिंग करने शहर गए।

अंकल केन ने मुझसे कहा, 'तुम जहाज में ही रहो। पोर्ट सेड बच्चों के लिए सुरक्षित जगह नहीं है।'

दरअसल, वे लड़की के साथ अकेले जाना चाहते थे, क्योंकि मेरे रहते उसके सामने दिखावा नहीं कर पाते। मेरी मौजूदगी में 'मैन ऑफ द वर्ल्ड' का उनका तौर-तरीका ज्यादा असरदार नहीं हो पाता।

जहाज को फिर उसी शाम यहाँ से रवाना होना था। यात्रियों को जहाज प्रस्थान करने के तय समय से एक घंटा पहले जहाज पर सवार हो जाने को कहा गया था। मैं तो इस बीच लाइब्रेरी में तल्लीन रहा और मेरा समय आसानी से गुजर गया। अगर मेरे सामने किताब रहे तो मैं कभी बोर नहीं होता। शाम के वक्त मैं डेक पर गया तो अंकल केन की मित्र को लौटते देखा। लेकिन अंकल केन का कोई अता-पता नहीं था।

मैंने उस महिला से पूछा, 'मेरे अंकल कहाँ हैं?'

'वे अब तक नहीं लौटे हैं? हम लोग भीड़भाड़ वाले बाजार में एक जगह एक-दूसरे से अलग हो गए और मैं तो सोच रही थी कि वे मुझसे पहले यहाँ पहुँच गए होंगे।'

हम छज्जे पर खड़े होकर इस उम्मीद में ऊपर-नीचे देखते रहे कि लौट रहे दूसरे यात्रियों के साथ अंकल केन भी आएँगे। लेकिन वे नहीं आए।

मैंने कहा, 'मुझे लगता है, वे आपको खोज रहे होंगे। अगर वे जल्दी नहीं लौटे तो जहाज छूट जाएगा।'

जहाज के भोंपू से आवाज आई। जहाज के कैप्टन ने अपने मेगाफोन पर कहा, 'ऑल एबोर्ड'। इसके बाद जहाज धीरे-धीरे आगे बढ़ने लगा। हम रास्ते में थे। मैंने पोतघाट पर अंकल केन जैसे एक व्यक्ति को व्यग्रता के साथ बाँह हिलाते हुए, दौड़ते हुए आते देखा। लेकिन जहाज के रुकने की कोई गुंजाइश नहीं थी।

कुछ दिन बाद टिलबरी बंदरगाह पर आंटी से मुलाकात हुई।

उन्होंने सवाल किया, 'तुम्हारे अंकल केन कहाँ हैं?'

'वे पोर्ट सेड में छूट गए। वे घाट के बाहर गए थे और फिर समय पर लौट नहीं सके।'

'बिलकुल केन जैसा ही। और मुझे लगता है कि उसके पास पैसा भी नहीं होगा। बहरहाल, अगर उसका पता चलता है तो मैं उसे पोस्टल ऑर्डर भेज दूँगी।'

लेकिन अंकल केन का कोई पता नहीं लगा। कई दिनों तक उन्हें लेकर बातचीत होती रही। इस बीच आंटी के घर बस जाने के बाद मैंने नौकरी भी खोज ली। सोलह साल की उम्र में एक ऑफिस में काम करने लगा। वेतन साधारण था और इसी में से आंटी के घर खर्च के लिए पैसा देना पड़ता था। अंकल केन कहाँ होंगे, इस बारे में जानने या विचार करने के लिए समय ही कहाँ था।

मेरे पाठक जानते हैं कि मैं भारत लौटते के लिए तरस रहा था, लेकिन यह चार साल बाद संभव हो सका। अंततः मैं घर लौटा और देहरादून के छोटे स्टेशन पर ज्योंही ट्रेन पहुँची, मैं खिड़की से बाहर देखने लगा। प्लेटफार्म पर एक जाना-पहचाना चेहरा दिखाई दिया। यह अंकल केन थे।

उन्होंने पोर्ट सेड में लापता हो जाने के बारे में कोई चर्चा नहीं की और मुझसे इस तरह मिले, मानो अभी पिछले दिन ही हम दोनों ने एक-दूसरे को देखा हो।

उन्होंने कहा, 'मैं तुम्हारे लिए भाड़े पर एक साइकिल लाया हूँ। इस पर सवारी का आनंद लो।'

''पहले मुझे घर पहुँचने दें, अंकल केन। मेरे पास इतना सारा सामान है।''

सामान को एक ताँगे पर रखा गया। मैं सामान के ऊपर बैठ गया और ताँगा लीची के पेड़ों से होते हुए (मुझे लग रहा था, कहीं ये खत्म न हो गए हों) आगे बढ़ा। अंकल केन पीछे-पीछे साइकिल पर सीटी बजाते चल रहे थे।

मैंने उनसे पूछा, ''आप देहरादून कब लौटे?''

'ओह! कई साल पहले। सॉरी, जहाज छूट गया था। क्या वह लड़की अपसेट थी?'

'वह कह रही थी कि आपको कभी माफ नहीं करेगी।'

'अच्छा हुआ! मुझे लगता है मेरे बिना वह ज्यादा अच्छे तरीके से होगी। बहुत अच्छा पियानो बजाती थी। चोपिन और ढेर सारी धुन!'

'क्या लौटने के लिए नानी ने आपको पैसा भेजा था?'

'नहीं, मुझे ग्रीस के एक रेस्तराँ में बैरे का काम करना पड़ा था। इसके बाद मैं पर्यटकों को पिरामिड दिखाने ले जाता था। अब मैं पिरामिड का विशेषज्ञ हो गया हूँ। बहुत अच्छी जगह है मिस्र। लेकिन जब उन लोगों को पता चला कि मेरे पास कोई कागज-पत्तर या परमिट नहीं है, तो मुझे वहाँ से

निकल जाना पड़ा। उन लोगों ने मुझे अदान के लिए एक नाव पर चढ़ा दिया। अदान में रहते हुए एक शेख के बेटे को छह माह तक अंग्रेजी पढ़ाई। शेख का बेटा इंग्लैंड चला गया और मैं भारत लौट आया।'

'और अब आप क्या कर रहे हैं अंकल केन?'

'पॉल्ट्री फार्म खोलने की सोच रहा हूँ। तुम्हारी नानी के घर के पीछे अच्छी-खासी खाली जगह है। इस काम में तुम मेरी मदद कर सकते हो?'

'अंकल, मैं कुछ खास पैसा नहीं बचा पाया हूँ!'

'हम बहुत ही छोटे स्तर पर काम शुरू करेंगे। तुम जानते हो, अंडे की बहुत अधिक माँग है। हर किसी को अंडा चाहिए—स्क्रैम्बलड (तोड़कर पकाया हुआ), फ्रायड (तला हुआ), पोच, बॉयल्ड (उबला हुआ) लंच में अंडाकरी। डिनर में आमलेट। चाय के साथ अंडे का सैंडविच। तुम किस तरह अंडा खाना पसंद करते हो?'

मैंने कहा, 'फ्रायड। पीला वाला हिस्सा ऊपर रहे।'

'हम नाश्ते में फ्राइड अंडा रखेंगे। पीला वाला हिस्सा ऊपर रखेंगे।'

पॉल्ट्री फार्म तो कभी नहीं खुला, लेकिन अंकल केन के साथ साइकिल सवारी की असीमित संभावनाओं के कारण देहरादून लौटना अच्छा रहा।

□

14

बैंक मैनेजर के साथ सुहाना सफर

मेरे पूर्व बैंक मैनेजर ओहरी से ज्यादा जीवंत या दिलचस्प सहचर कोई और नहीं हो सकता। मैं 'पूर्व' शब्द का इस्तेमाल कर रहा हूँ, लेकिन इसका यह कतई मतलब नहीं है कि वे अब हमारे साथ नहीं हैं। बल्कि बात ऐसी है कि अब वे ज्यादा बड़ी और बेहतर चीजों के लिए मुंबई और दुबई में रहने लगे हैं। मुझे बताया गया है कि वहाँ की सड़कें सोने से पटी हैं। जब उनसे मेरा परिचय हुआ तो वे वन्यजीव-प्रेमी थे। उनका दिल कॉर्बेट के देश और हिमालय के गिरिपीठ में बसता था।

ओहरी को भोर में सड़क के रास्ते सफर करना पसंद था। रास्ते में मोर, नीलगाय, सियार और शाही मछली को देखने के लिए गाड़ी कई पड़ावों पर रोक दिया करते थे।

मैं उनके साथ कभी-कभार सफर पर निकलता था। हलकी जाड़े की एक सुबह हम लोग उनकी पुरानी जीर्ण-शीर्ण फियट कार में सवार होकर दिल्ली से देहरादून के लिए रवाना हुए। लेकिन ओहरी का इरादा मुख्य हाइवे पकड़ने या कुछ भी फुरसत भरे अंदाज में करने का नहीं था।

'हम लोग रूड़की से हरिद्वारवाली सड़क पकड़ेंगे और फिर डायवर्सन पकड़ राजाजी जैव उद्यान होते हुए जंगलवाली सड़क पर आ जाएँगे। और इस तरह मोहंद घाटी के पास निकल आएँगे। यह करीब 15 मील की दूरी पर है। वन्य प्राणियों से भरपूर यह बहुत ही सुंदर जंगल है, यहाँ शेर हैं, हाथी भी

बहुतायत में हैं और यह जंगल पूरी तरह सुरक्षित है।'

मैंने कहा, 'जैसा आप ठीक समझें', क्योंकि मैं जानता था कि जब वे गाड़ी चला रहे होते हैं, तो किसी के पास कोई विकल्प नहीं रहता।

हम लोग राजा फॉरेस्ट रोड पहुँचे, तब तक अँधेरा हो चुका था और मोरनियाँ कर्णभेदी आवाज में अपने सखाओं को बुलाने में जुटी थीं।

घाटी तक पहुँचने के लिए तीन सूखी नदियाँ पार करनी थीं। इनमें से पहली को पार करते वक्त कार का अगला दरवाजा कब्जे से बाहर आने लगा था।

ओहरी ने कहा, 'कब्जे को पकड़ लो, देखो यह गिरने न पाए!'

मेरे पास एक पुराना फुटबॉल स्कार्फ था। घुमंतू लेखक बिल अतिकन, जो मेरी ही तरह स्कॉटिश लीग क्लब एलोआ एथलेटिक्स के दीवाने थे, ने मुझे यह स्कार्फ उपहार में दिया था। दरवाजा खुलकर नीचे नहीं गिरे, इसलिए मैंने स्कार्फ को दरवाजे के हैंडल से बाँध दिया।

ओहरी कार रोककर उत्साहपूर्वक बीचोंबीच सड़क पर रखे गोइठा के ढेर को दिखाने लगे।

उन्होंने जोर से कहा, 'देखो, यह हाथी की लीद है! हम बहुत भाग्यशाली हैं, आओ, कुछ जंगली हाथियों को दिखाते हैं।'

मैंने कहा, 'मैं तो इनके रहने के तौर-तरीके को देखकर ही संतुष्ट हूँ।'

ओहरी ने जोर देते हुए कहा, 'इससे कागज बहुत बढ़िया बनता है।'

'बहुत अच्छा, इनका इस्तेमाल अधिक मूल्य वर्ग के नोट बनाने के काम में करने के लिए आप रिजर्व बैंक को राजी कर सकते हैं।'

मेरे व्यंग्य से बिलकुल अप्रभावित ओहरी ने कार स्टार्ट की और उत्साहपूर्वक बोल्डरों से भरपूर दूसरी सूखी नदी को पार करने के लिए आगे बढ़े। इतने में धचका लगा और उछाल हुआ एवं टायर फ्लैट हो गया।

ओहरी ने कहा, 'हम तुरंत इसे ठीक कर लेंगे। क्या तुम डिक्की से स्पेयर टायर निकाल सकते हो?'

सौभाग्यवश दरवाजे के साथ मैं जो संघर्ष कर रहा था, उसने मुझे नीचे

उतरने से रोक दिया, क्योंकि ठीक उसी समय कई जंगली सूअर सड़क किनारे आ गए थे। वे सूखी नदी में पानी तलाश रहे थे और अब इस कार और इसमें सवार लोगों का मजा लेने के लिए यहाँ रुक गए थे।

ओहरी ने कहा, 'अच्छा होगा कि उनके जाने तक हम इंतजार करें। जंगली सूअर खतरनाक होते हैं। बाघ भी उनके डर से भाग जाता है। देखना, दरवाजे को गिरने मत देना!'

मैं अमूल्य जिंदगी के लिए दरवाजे से टँगा रहा, क्योंकि मैं तो बाघ की तरह भाग नहीं सकता था।

हम इंतजार करते रहे। जंगली सूअर भी इंतजार कर रहे थे।

थोड़ी देर बाद ओहरी ने पूछा, 'क्या तुम ड्रिंक करना चाहोगे? यहीं पर कहीं बोतल होगी।'

उन्होंने स्ट्रांग आर्मी रम की एक पूरी बोतल निकाली और हम बारी-बारी से गटागट पी गए। जंगली सूअर तब तक थोड़े और नजदीक आ गए थे।

मैंने सुझाव दिया, 'अगर हमें पूरी रात यहाँ रहना पड़ा तो हम 'अंडर ए स्कॉट्समैन किल्ट' खेल सकते हैं। मैंने इसे स्कूल में सीखा था।'

'मैं नहीं जानता था कि तुम इतने विनोदी हो!'

'मैं विनोदी नहीं, पूरी तरह गंभीर हूँ। आप किसी कविता या गाने की पहली पंक्ति बोलें, मैं 'अंडर ए स्कॉट्समैन किल्ट' के तहत आगे की पंक्ति बोलूँगा। बहुत मजा आएगा। गंभीर होने की जरूरत नहीं है। पहला गीत याद आ रहा है...'

'ओल्ड मैकडोनाल्ड हैड ए फार्म।'

'अंडर ए स्कॉट्समैन किल्ट।'

'आइ वांडरड लोनली एज ए क्लाउड।'

'अंडर ए स्कॉट्समैन किल्ट।'

'टाइगर, टाइगर बर्निंग ब्राइट।'

हम बड़ी ही तन्मयता के साथ कुछ समय तक गाते रहे। तभी सौभाग्यवश,

हमारे हित में नजदीक आ रहे मोटरसाइकिल की आवाज से रात की चुप्पी टूटी। तभी अचानक से मध्यवय के दो सिख युवक आकर हमारे सामने साक्षात् खड़े हो गए। जंगली सूअर छितराकर रात में गुम हो गए।

हमारी जान बचानेवाले सिख युवकों को जंगल के शार्टकट रास्ते से तराई स्थित अपने फार्म जाने की आदत थी। हाथियों और जंगली सूअरों से उन्हें डर नहीं लगता था। टायर बदलने में उन्होंने हमारी मदद की और इसके बाद वनरक्षक की सदाशयता से रम की बोतल को खाली करने में भी साथ दिया। हमने उन्हें तहेदिल से धन्यवाद दिया और कहा कि अब हमें आगे जाना है। ओहरी की पत्नी देहरादून में उनका इंतजार कर रही थीं। साथ में बेलन तैयार रखे हुए थीं। वे इस बेलन से आटे के साथ-साथ उन्हें भी चपटा कर देतीं।

ओहरी दूसरी सूखी नदी के आगे बढ़े और तब मोहंद घाटी के पहलेवाली सूखी नदी के पास कार का दरवाजा आखिरकार टूटकर नीचे गिर ही गया और मेरे स्कॉटिश फुटबॉल स्कार्फ को भी अपने साथ लेता गया।

अलोला एथलेटिक का दीवाना होने के कारण मैंने अपना स्कार्फ तो फिर से हासिल कर लिया, लेकिन ओहरी ने कार का दरवाजा नदी में ही छोड़ दिया।

उन्होंने कहा, 'हम इसे लेने दूसरे दिन आएँगें।' मैं आश्वस्त हो गया कि वे अभी एक और सैर कराएँगे।

□

अगली बार हम कुछ सप्ताह बाद मिले। ओहरी के पास नई कार थी, मारूति का नया मॉडल।

उन्होंने कहा, 'आओ, मैं तुम्हें टिहरी रोड का चक्कर लगवाता हूँ। हम लंच के समय तक लौट आएँगे। '

मैंने पूछा, 'क्या आपको पूरा-पूरा भरोसा है ? मैं दोपहर बाद का आराम छोड़ना नहीं चाहता।'

ओहरी बोले, 'चेस्टनट के पेड़ के नीचे झपकी लेने से अच्छा कुछ और नहीं है।'

'पिछली बार जब मैं चेस्टनट के पेड़ के नीचे सोया था, तो ऊपर से लंगूर मेरे सिर पर चेस्टनट गिराने लगे थे। और अभी अक्तूबर का महीना है। चेस्टनट पूरी तरह तैयार हो चुके हैं।'

ओहरी ने वादा किया, 'हम सुखोली से आगे नहीं जाएँगे।'

फिर हम नई कार में रवाना हो गए। रास्ते में ओहरी ने बताया कि उन्हें अल्सर हो गया है और डॉ. बिष्ट ने उन्हें भोजन के बीच में बिस्कुट खाने को कहा है। जाहिर है बिस्कुट अतिरिक्त अम्ल को सोख लेता है। सीट पर हम लोगों के बीच तीन पैकेट बिस्कुट पड़े हुए थे—ग्लूकोज, क्रीम क्रैकर और तीसरी वेराइटी को मैं नहीं पहचानता था।

मैंने पूछा, 'और यह सब क्या है?'

उन्होंने कहा, 'डॉग बिस्कुट।'

'तो आप अपने अल्सर के लिए 'डॉग बिस्कुट' खा रहे हैं?'

'नहीं, निश्चित तौर पर नहीं। अब हमारे पास एक लेबराडोर कुत्ता भी है। मेरी पत्नी थोड़ा 'डॉग बिस्कुट' लाने को बोली थी।'

ओहरी सुखोली के रास्ते में बिस्कुट चबाते रहे, जहाँ हम चाय और कुछ और बिस्कुट के लिए रुके। मैंने पूछा, 'क्या अब हम घर लौटेंगे?'

उन्होंने जवाब दिया, 'बस थोड़ी देर बाद। क्या आप फॉस्फेट खान नहीं देखना चाहते?'

मैंने कहा कि फॉस्फेट खान में मेरी कोई खास दिलचस्पी नहीं है, लेकिन उन्होंने कहा कि हम रास्ते में कुछ फेजेंट (लंबी पूँछवाली चिड़िया) जरूर देखेंगे। इस तरह उन्होंने मुझसे ड्राइव के एक्सटेंशन की बात कर ली। सुखोली से थोड़ा आगे हम दाईं ओर मुड़े और फिर सीधे टूटी-फूटी गर्द भरी सड़क पर लगातार बढ़ते रहे। सड़क की हालत ऐसी थी कि ओहरी की नई कार की स्प्रिंग भी नाराजगी जाहिर कर रही थी। हम फॉसफेट खान से गुजरे। ऐसा लग रहा था कि खान बंद हो चुकी है। इसके बाद भी हम पहाड़ीनुमा रास्ते से अगले पहाड़ की ओर आगे बढ़ते रहे।

मैंने ध्यान दिलाया, 'यह तो घर का रास्ता नहीं है।'

ओहरी बोले, 'अगले मोड़ के आसपास वन विभाग का रेस्ट हाउस है। संभव है, वहाँ का चौकीदार हम लोगों के लिए कुछ लंच तैयार कर दे!'

अगले मोड़ के पास वास्तव में एक रेस्ट हाउस था, लेकिन लग रहा था कि वर्षों से इसमें कोई रहा नहीं है। अधिकांश छतें नहीं थी। एक टूटी दीवार से एक जंगली बिल्ली हमारी ओर झपटी। चौकीदार या किसी दूसरे आदमी का कोई नामोनिशान नहीं था।

ओहरी ने कहा, 'अच्छा होगा कि हम लौट चलें।' हम लोगों ने क्रीम क्रैकर को आपस में बाँट लिया और उसे मिनरल वाटर से धो लिया। ओहरी अपने साथ इस बार कोई रम नहीं लाए थे, जिसने पिछली बार कुएँ का काम किया था। और ना ही पर्याप्त पेट्रोल लेकर चले थे। हम बहुत दूर पहुँच गए थे, जब अत्यधिक बोझ तले कार भरभराकर बंद हो गई।

दोष मढ़ने के अंदाज में उन्होंने कहा, 'हमें सुखोली से ही लौट जाना चाहिए था।' ऐसा लगा, मानो आगे जाने में दोष मेरा था!

मैंने कहा, 'हो सकता है, सुखोली में कोई मिल जाए। गुजर रहे किसी ट्रक के ड्राइवर से पेट्रोल माँग लीजिएगा। मैं यहीं कार के साथ रुकता हूँ।'

तब ओहरी सुखोली के लिए पैदल रवाना हो गए और मैंने सरसरा रहे देवदार की छाँह में आसन जमाया एवं तीसरे पहर के आराम का आनंद उठाया। जब जगा, तो शाम हो चुकी थी और मुझे जोर से भूख लग गई थी। मैं कार के पास गया और खिड़की से देखा कि आगे की सीट पर कुछ बिस्कुट बचे हुए हैं। लेकिन ओहरी ने तो सभी दरवाजे बंद कर दिए थे। मैं पुनः रेस्ट हाउस में लौट आया और आगे की तबाही का अंदाजा लगाने लगा। बिल्डिंग की दरारों में उगे कुछ जंगली पिंगल को छोड़कर यहाँ खाने के लिए कुछ भी नहीं था।

अँधेरा होने को था। ठीक उसी वक्त ओहरी लौटे। वे पेट्रोल तो लेकर आए थे, लेकिन खाने की कोई चीज लाने को लेकर उन्होंने पूरी लापरवाही बरती थी।

लौटते समय हम सबने डॉग बिस्कुट खाए।

आप भी कभी-कभार आजमाकर देखें। वास्तव में वे बहुत अधिक पौष्टिक होते हैं। और अगर आप भूखे हों, तो उनका स्वाद भी कोई बुरा नहीं लगता।

ओहरी की पत्नी ने डॉग बिस्कुट नहीं लाने के लिए डाँट पिलानी शुरू की तो, उन्होंने सिर्फ इतना कहा, 'उन्हें रस्किन खा गया।'

□

आमतौर पर बैंक कोई उत्तेजक जगह नहीं होती, बशर्ते बैंक डकैती न हो गई हो। लेकिन ओहरी के रहते बैंक का माहौल कभी नीरस नहीं हुआ।

हमारी छोटी शाखा अब कंप्यूटरीकृत हो गई है। लेकिन कुछ साल पहले तक यहाँ टाइपराइटर भी नहीं था। वे मुझसे माँगकर ले जाते थे। हर रोज नहीं, लेकिन साल में एक बार, हफ्ते-दो हफ्ते के लिए, जब उनका ऑडिटर आता था।

मेरे पास तीन टाइपराइटर हैं—एक हेवी गोदरेज, एक पुराना ओलंपिक (जिसका इस्तेमाल मैं आज भी कभी-कभार करता हूँ) और एक प्राचीन जर्मन मशीन, जिसे डॉ. गोयल ने मुझे उपहारस्वरूप दिया था। बैंक का चपरासी मेरे घर आता था और गोदरेज साथ लेकर फिर पहाड़ी तक लौटने के लिए संघर्ष करता था। मैं अपना ओलंपिक टाइपराइटर बैंक को नहीं देता था। लेकिन एक बार जब मैं बाहर था तो चपरासी गलती से मेरी जर्मन मशीन लेकर चला गया। इसके कारण थोड़ी संशय की स्थिति भी बनी।

जर्मन टाइपराइटर में 'जेड' अक्षर उस जगह आता है, जहाँ इंगलिश मशीन में सामान्य तौर से 'वाई' आता है। फिर, अगर आप इसके अभ्यस्त नहीं हैं और तेजी से टाइपकर रहे हैं, तो आप निश्चित तौर पर अनाप-शनाप लिख जाएँगे। अगर आप लिखना चाहते हैं : 'You might pick up yellow fever in Zanzibar' तो लिखा जाएगा,' 'Zou might pick up Zellow fever in Yanyibar'! ऑडिटर और बैंक के मेरे दोस्तों को कई उलझनों का सामना करना पड़ा : zeros की जगह yeros और यहाँ तक कि euros लिखा गया।

इसी तरह जापानी yens की जगह zens लिखा गया। चीनी yuans इसी तरह zuans बन गया। इसके कारण विदेशी मुद्रा विनिमय सेक्शन में काफी बखेड़ा हुआ।

इसी के बाद जल्दबाजी में बैंक कंप्यूटरीकृत हुआ।

तब तक ओहरी बैंक छोड़ चुके थे। अंतिम वनभोज के लिए वे मुझे अपने साथ एक ब्लैक पैंथर दिखाने रात्रि-भ्रमण पर ले गए। उनका कहना था कि यह ब्लैक पैंथर बारलोगंज के आस-पास घुमता-फिरता है।

उन्होंने मुझे बताया, 'ब्लैक पैंथर अब काफी दुर्लभ हो गए हैं। पिछले पचास साल से ज्यादा समय से यहाँ उन्हें किसी ने नहीं देखा है।'

शरारती अंदाज में मैंने कहा, 'जनरल बारलो ने आखिरी ब्लैक पैंथर को मारा था, उस वक्त से ही।'

उन्होंने अपने पुराने उत्साही अंदाज में कहा, 'आज रात हम बारलोगंज जाएँगे। सूर्योदय तक हम इसके लिए वहाँ बैठेंगे।'

मैंने कहा, 'लेकिन डॉग बिस्कुट साथ ले चलना नहीं भूलिएगा। आधी रात के करीब मुझे भूख लग जाती है।'

लेकिन इस बार बिस्कुट की जरूरत नहीं थी। मिसेज ओहरी ने भरपेट डिनर खिलाया। इससे सुनिश्चित हो गया कि मैं आराम से सो जाऊँगा और ओहरी अपने ब्लैक पैंथर के इंतजार में बैठे रहेंगे।

ऐसे मिसेज ओहरी ने चलते वक्त मुझसे कहा कि, 'वहाँ तो महज एक बड़ा काला कुत्ता है। सेंट जॉर्ज स्कूल के चौकीदार के पास जो कुत्ता है, रात में उसे ही भ्रमवश पैंथर समझ लिया जाता है।'

लेकिन इसका ओहरी पर कोई असर नहीं पड़ा। वे कार में बिठाकर हमें घाटी ले ही गए। लौटते वक्त रास्ते में पैंथर देखने और रम का घूँट लेने के लिए उन्होंने कई जगह कार रोकी। खुले आसमान में तारे स्पष्ट दिख रहे थे। कविमय होकर ओहरी गुनगुनाने लगे, 'द नाइट हैज ए थाउजेंड आइज···'

मैंने उसमें जोड़ा, 'अंडर ए स्कॉट्समैन किल्ट।'

'श···श···हम ज्यादा बात नहीं करें। इससे डरकर वह भाग जाएगा।'

'इफ यू सी ए पैंथर, डू नॉट एंथर', मैंने आगडेन नाश को उद्‍धृत किया।

ओहरी ने नाराजगी जाहिर की कि मैं खोज–यात्रा को गंभीरता से नहीं ले रहा। फिर मैं आँखें बंद कर सो गया। जब जगा, तो ओहरी मुझे झकझोर रहे थे और कान में बुदबुदा रहे थे, 'देखो, इन झाड़ियों में कुछ है, देखो, वे आगे बढ़ रहे हैं।'

वे वास्तव में आगे बढ़ रहे थे। जल्द ही खुलासा हो गया कि गाँव के एक वृद्ध व्यक्ति अहले सुबह उठकर शौच के लिए जा रहे थे। अपनी प्राइवेसी में खलल पड़ने से वे खुश नहीं थे।

ओहरी ने उनसे पूछा, 'क्या आपने पैंथर देखा है? काला बघेरा?'

ग्रामीण ने झल्लाकर कहा, 'बघेरा तुम ही हो। जरा भी शांति से नहीं रह सकते। हर जगह पर्यटक ही पर्यटक।' ये सज्जन हिंदी और अंग्रेजी, दोनों में ही अच्छी तरह बोल रहे थे। वे जल्द ही अँधेरे में गुम हो गए।

हम सूर्योदय के पहले घर पहुँच गए। मिसेज ओहरी ने हमें बेहतरीन नाश्ता कराया।

उन्होंने सवाल किया, 'क्या आप सबों ने वहाँ कुछ देखा?'

मैंने कहा, 'बहुत सारे लोगों को। काले या धब्बे वाले तेंदुओं के लिए कोई जगह ही नहीं थी।'

ओहरी ने बल देकर कहा, 'हमने उनकी आवाज सुनी। मैंने झाड़ियों में उनकी गुर्राहट सुनी।'

मैंने जोड़ा, 'इतना ही नहीं, उसने लोटे की जगह मिनिरल वाटर की खाली बोतल ले रखी थी!'

□

15

दादी का वृक्षारोहण

अति प्रतिभासंपन्न थी मेरी दादी। जानते हैं क्यों?
क्योंकि, वह चढ़ सकती थी पेड़ों पर,
चाहे वे कितना भी बड़ा या ऊँचा क्यों न हो,
झटपट होती थी वह डालियों पर।
और जान लें,
अंतिम बार पेड़ पर चढ़ीं तो वह थीं 62 की।

बचपन से ही उनके पास थी यह प्रतिभा,
लिफ्ट से ज्यादा पेड़ों पर उसे आता था आनंद।
बार-बार उसे जाता था चेताया
बूढ़े हो जाने पर नहीं चढ़ना चाहिए पेड़ पर
और शालीनता से बिताना चाहिए बुढ़ापा।
वह कहती थी हँसकर, 'अशालीन बन हो जाऊँगी बूढ़ी
ऐसा करना मेरे लिए है आसान'
और हमें होना पड़ता था राजी
क्योंकि उद्यान में नहीं था कोई पेड़
जिस पर कभी न कभी न चढ़ी हो वो—
(छह साल की उम्र में ही अपने प्यारे भाई से यह कला सीखने के बाद)

—लेकिन हर किसी को लगा रहता था डर
कि एक दिन गिरेगी वह बुरी तरह।
नतीजा कुछ अलग ही निकला—जब हम थे शहर में
तो चढ़ गई वह पेड़, लेकिन उतर नहीं पाई नीचे!
हम आए घर, तब तक डटी रही अड्डे पर,
हमने लाकर दी उसे सीढ़ी, तब कही आ पाई वह नीचे।

नीचे जब लगी वह थरथराने, तो हमने बुलाया डॉक्टर,
डाक्टर बोले, 'हैं तो बिलकुल ठीक, बस लगा है थोड़ा सदमा।'
नानी का बुखार मापा, तो बताया है थोड़ा बुखार
'सुझाव है मेरा, हफ्ते भर करें ये आराम।'

हमने ली राहत की साँस और उसे ले गए ऊपर—
बेचारी दादी!
यह तो था बस नरक के समान पड़े रहना बिस्तर पर,
जब अँगारे रहे हों दहक और नाच रही हों पत्तियाँ¨
ताकत के इंतजार में, चुपचाप पड़ी रही बिस्तर पर,
फिर उठकर बोली, 'नहीं रह सकती अब लेटे-लेटे !'
मेरे पिता को बुलाया दादी ने और निर्भय हो बोलीं—
अब फुनगी पर चाहिए उसे घर।
मेरे पिता समझते थे अपना कर्तव्य ,
बोले—'ठीक है-जो चाहोगी, वो मिलेगा तुम्हें
—करता हूँ शुरू आज रात से ही काम।'

मेरे निपुण सहयोग से जल्द ही हो गया पूरा काम ,
खिड़की-दरवाजे के साथ पेड़ पर बन गया मकान।

दादी चली गई ऊपर और अब हर दिन
जाता हूँ गिलास व ट्रे के साथ उसके मकान ,
जहाँ बैठी रहती है वह चिंतित,
और करती है मेरे साथ खान-पान
पेड़ पर बसने के अपने अधिकारों के साथ।
(हर जगह की दादी-नानी के अधिकारों के लिए लिखित) □

16

मेरा बेढंगा आमलेट—और दूसरी दुर्घटनाएँ

आजीविका के लिए पिछले पचास सालों से लिख रहा हूँ। लेकिन कभी बेस्टसेलर नहीं बन सका। और अब मैं जान गया हूँ कि आखिर ऐसा क्यों नहीं हुआ! दरअसल, मैं खाना नहीं पका सकता। अगर मुझे खाना बनाना आता तो बुक स्टोरों की शोभा बढ़ा रही बेशकीमती दिखती कुकरी की किताबों की ओर मेरी ही तरह खाना नहीं बना सकनेवाले लोग टूटते, उसके पहले मैंने भी कुछ ऐसी किताबें लिख दी होती।

जो भी हो, अगर मैं कुक बुक लिखने के लिए बाध्य होता तो इसका नाम संभवत: 'अंडा उबालने के पचास तरीके एवं दूसरी दुर्घटनाएँ' रखता।

मैं मानता हूँ कि अंडा उबालना एक साधारण काम है। लेकिन जब मैं हिमालय की पहाड़ियों पर 7000 फीट ऊपर रहने के लिए आया तो पाया कि उबालने के लिए पानी मिल जाना भी एक उपलिब्ध ही है। मुझे नहीं मालूम कि ऐसा ऊँचाई के कारण है या फिर पानी के घनत्व के कारण, लेकिन हकीकत यह है कि नाश्ते के लिए पानी समय से उबल नहीं पाता। नतीजतन, मेरे अंडे हाफ ब्वायल्ड ही रह जाते हैं। मैं हर किसी से कहता हूँ, 'फ्रिक मत करो, हाफ ब्वायल्ड अंडे फुल ब्वायल्ड अंडे से ज्यादा पौष्टिक होते हैं।'

गौतम, जो मेरा मिस्टर डिक है और हमेशा अच्छी सलाहें देता रहता है, ने सवाल किया, 'इन्हें उबाला ही क्यों जाए? कच्चे अंडे तो संभवत: ज्यादा

स्वास्थ्यकर होते हैं!'

मैंने उससे कहा, 'थोड़ा इंतजार करो। मैं तुम्हें पनीर ऑमलेट खिलाता हूँ, जिसे तुम कभी भूल नहीं सकोगे।' और मैंने बनाया। यह थोड़ा गड़बड़ बना था, क्योंकि मैं टमाटर के प्रति अति उदार हो गया था, लेकिन मैंने सोचा इसका स्वाद तो ठीक ही होगा। हालाँकि गौतम ने अपना प्लेट फेंक दिया और बोला, 'आप तो अंडा डालना ही भूल गए।'

मेरे बेस्ट सेलर का नाम '101 फेल्ड ऑमलेट्स अच्छा रहेगा।'

दूसरे लोगों को खाना पकाते देखना मुझे अच्छा लगता है। यह आदत मुझे यंग एज में ही लग गई थी, जब मैं नानी को किचेन में कढ़ी, कोफ्ता और कस्टर्ड बनाते देखता था। मैं उनकी मदद करने की कोशिश करता था, लेकिन वे झट से मेरी बेजरूरत योगदान पर रोक लगा देती थीं। एक बार वे कढ़ी बना रही थीं और उन्होंने मुझसे उसमें एक कप मसाला डालने को कहा। भुलक्कड़ी में मैंने उसमें एक कप चीनी डाल दी। नतीजा हुआ, तैयार हो गई स्वीट कढ़ी! मेरा एक और आविष्कार!

रसोईघर में नानी के द्वारा इस्तेमाल की जाने वाली कहावतें मुझे ठीक-ठाक याद रहती थीं। उनमें से कुछ कहावते हैं :

'हर चीज का हुनर होता है, यहाँ तक कि दलिया बनाने का भी।'

'घर की सूखी रोटी भी बाहर की झींगा कढ़ी से बेहतर है।'

'खाने-पीने से आदमी का सोचना बंद नहीं होना चाहिए।'

'खाली थाली से बेहतर है छोटी मछली।'

उनकी पसंदीदा सूक्ति थी—'जीभ से गला ही मत काट लो।' जब कभी मैं पेटू वाला लक्षण दिखाता था, तो वे इसी सूक्ति से मुझे डाँट पिलाती थीं।

और जहाँ तक दलिया बनाने का सवाल है, तो कतई यह कोई आसान काम नहीं है।

मैंने एक या दो बार कोशिश की है, लेकिन हर बार लोद्दा बन गया।

मैंने जब इसे गौतम को दिया तो वह पूछ बैठा, 'यह क्या है? '

मैंने उत्साहपूर्वक जवाब दिया, 'दलिया! इसे स्कॉटलैंड की पहाड़ियों पर रहनेवाले वे बहादुर खाते थे, जिन्होंने अंग्रेजों से हमेशा संघर्ष किया।'

उसने पूछा, 'तो क्या वे विजयी भी हुए?'

'हाँ…नहीं…सामान्य तौर से नहीं। दरअसल, उनकी संख्या कम पड़ गई थी।'

उसने दलिये की ओर संशय भरी निगाहों से देखा और बोला, 'फिर कभी।'

तो फिर क्यों नहीं थोरियो की सलाह लेकर जीवन को सरल बनाया जाए? सरलीकरण, सरलीकरण! या फिर सहज रूप से सैंडविच…।

मैंने तय किया, यह सब बहुत कठिन नहीं होना चाहिए। आखिरकार, मूल रूप से ये सब ब्रेड-बटर है। लेकिन क्या आपने ब्रेड को काटकर पतला स्लाइस बनाने की कोशिश कभी की है? नहीं। यह बहुत ही खतरनाक है। अगर आप पियानो वादक हैं, तो आप अपने कैरियर को दाँव पर लगा रहे हैं।

आप निश्चित तौर पर स्लाइस्ड ब्रेड लें। इसमें ठीक से बटर लगाएँ। इसके बाद भराव सामग्री—पनीर, टमाटर, सलाद, खीरा-ककड़ी या और भी जो कुछ हो, डालें। बहुत खूब, मैं तो भटक रहा था। अब मुँह में पानी ला देनेवाले इस लजीज व्यंजन पर बटर लगा स्लाइस का दूसरा टुकड़ा रखें। और फिर इसको दो हिस्से में काट दें। नतीजा—हर चीज बाहर आकर टेबल क्लॉथ पर छितरा जाएगी।

'अब देखिए, आपने क्या-क्या करामात की हैं!' गौतम ने ऑलीवर हार्डी की तरह कहा।

मैंने उससे कहा, 'नेवर माइंड, अभ्यास आदमी को निपुण बनाता है!'

अब अगर आप किताब की दुकानों में 'बांड्स बुक ऑफ बेटर सैंडविचेज' खोजने जाएँगे तो उसे बेस्ट सेलर की लिस्ट में पाएँगे।

□

17

लंबी कहानी

मैं पहाड़ के ऊपर रहता हूँ और गौतम का स्कूल बिलकुल नीचे है। इसलिए मैंने सोचा कि अगर मैं हर सुबह उसके साथ दो मील स्कूल तक पैदल जाऊँ तो बहुत अच्छा रहेगा। बच्चे को मेरा साथ मिल जाएगा और मैं टहल भी लूँगा। मुझे लगा, ऐसा करना मेरी कमर के लिए फायदेमंद रहेगा।

पहली बार हम साथ निकले तो उसने कहा, 'मुझे एक कहानी सुनाइए।' तो फिर मैंने उसे एक कहानी सुनाई। और दूसरे दिन फिर दूसरी कहानी सुनाई। देवदार होते हुए गुजरनेवाली लंबी सड़क पर हर दिन एक कहानी रूटीन बन गई। यह रूटीन तब तक जारी रहा, जब तक मुझे एहसास हुआ कि ऐसा करने से तो मेरा लिखना ही बंद हो गया है। कहानी गढ़ना और फिर सुनाना—इसके बाद तो मुझे लगता था कि आज का सृजनात्मक काम पूरा हो गया, और इसके बाद मैं डेस्क या टाइपराइटर के पास बैठ नहीं पाता था।

इसलिए मैंने तय किया कि यह धारावाहिक कहानी होगी। और पाया कि इसे जारी रखने का सबसे अच्छा तरीका हर दिन एक आदमी खानेवाला एक आदमखोर तेंदुआ गढ़ना होगा। मुझे लगा कि महीनों और यहाँ तक कि सालों तक इस बरबादी को अपनी बढ़ती आबादी जारी रख सकती है।

छोटे बच्चे खून के प्यासे आदमखोरों को पसंद करते हैं। और गौतम कोई अपवाद नहीं था। हर दिन, कहानी में एक व्यक्ति लापता होता था, मानव मांस चाहनेवाले तेंदुओं का शिकार बनता था। सुयोग्य शिकार की तलाश शहर की

गपशप से हुई और मेरी फाइल भुलानेवाले क्लर्क से होते हुए नाई, जिसने मेरे बाल बिलकुल छोटे काट दिए थे और दुकानदार, जिसने मुझे पिछले साल के पटाखे दे दिए थे, तक पहुँची। सच कहें तो सुयोग्य शिकार की इस तलाश का कोई अंत नहीं था।

मैं मानता हूँ कि कहानी में जितना आनंद गौतम को आता था, उतना ही आनंद मैं भी उठाता था। मुझे लगता है, मेरी प्रवृत्ति के संबंध में फ्रायड के पास एक या दो सिद्धांत जरूर रहे होंगे।

एक सुबह गौतम ने पूछा, 'उसे गोली कब लगेगी?' मैंने कहा, 'अभी नहीं।'

लेकिन साल का अंत आते-आते मुझे अपने विवेक पर संदेह होने लगा। सोचने लगा, मैं तो महज मरणशील प्राणी हूँ, आखिर मैं कौन होता हूँ, यह तय करने वाला कि किसे खा जाना चाहिए और किसे बचा रहना चाहिए? हालाँकि, आबादी घटी है, लेकिन आवास की समस्या ज्यों-की-त्यों बनी हुई है।

पहाड़ी की ओर जब असली तेंदुआ सामने आया और पड़ोसी के पालतू कुत्ते को साथ लेकर चला गया, तो अच्छी बातें दिमाग में आईं।

क्या मेरी उत्तेजक कल्पनाशीलता के कारण वास्तविक तेंदुआ आया? सच है कि वह सिर्फ कुत्ताभक्षी था, लेकिन अगर यह आदमी के साथ होता तो फिर इसे कोई कभी नहीं पाता।

और काफी पैदल चलने के बावजूद मैं अब भी थुलथुल हूँ।

इसलिए कहानी खत्म होती है। पिछले सप्ताह मैंने घोषणा की, 'आदमखोर मर गया।'

'किसने गोली मारी?'

'उसे गोली नहीं लगी। वह यूँ ही मर गया।'

'बूढ़ा हो जाने के कारण?'

'नहीं। अल्सरेटिव कोलाइटिस हो जाने के कारण।'

गौतम ने पूछा, 'यह क्या है?'

मैंने कहा, 'घोर अपच। यह बहुत लोगों को खा रहा है।'

□

18

जॉर्ज और रणजी

जब मैंने सुना कि मेरा भतीजा पड़ोस के शहर स्थित मानसिक अस्पताल से फिर भाग गया है, तो मैं समझ गया कि जल्द ही वह मेरे दरवाजे पर आएगा। क्रिकेट सीजन शुरू होने के वक्त अकसर ऐसा होता है। 'नो प्रॉब्लम', मैंने सोचा। 'मैं जल्दी से उसे ट्रेन में बिठाऊँगा और अस्पताल पहुँचा दूँगा।'

पिछले कुछ सालों से भतीजा जॉर्ज यहाँ कभी-कभी आता रहता है। वह उग्र प्रवृत्ति का नहीं था और उसे अच्छी-खासी स्वतंत्रता दी गई थी। नतीजा यह हुआ कि वह टेस्ट मैच में शामिल होने के लिए कभी-कभार घुमक्कड़ी करता रहता है। जॉर्ज को यह भ्रम नहीं है कि वह नेपोलियन या घीसिंग खान था। वह आश्वस्त था कि वह 'प्रिंस ऑफ क्रिकेटर्स' यानी 'ग्रेट रणजी' था और उसका चयन भारत के कप्तान के तौर पर हुआ था। वह यह भूल चुका था कि रणजी तो असल में इंग्लैंड के लिए खेलते थे!

इसलिए जॉर्ज जब अपने एक हाथ में क्रिकेट बैट और दूसरे हाथ में प्रोटेक्टिव बॉक्स लेकर मेरे घर आ धमका तो मुझे कोई आश्चर्य नहीं हुआ।

उसने पूछा, 'क्या आप तैयार नहीं हैं? मैच 11 बजे से है।'

यह याद करते हुए कि ट्रेन 11.15 पर आती है, मैंने कहा, 'अभी तो बहुत समय है। मैं तैयार हो रहा हूँ, तब तक तुम अंदर क्यों नहीं आ जाते?

जॉर्ज बैठ गया और एक गिलास बीयर माँगी। मैंने लाकर दी और वह

उसने फर्न के गमले में फेंक दी।

वह बोला, 'ये सब प्यासे दिख रहे थे।' मैंने जल्दी से कपड़े पहने। दरअसल, मेरी चिंता थी कि वह अपने नवीनतम कट का प्रैक्टिस मेरे कटग्लास डिकैंटर (शराब देने वाला गिलास) पर शुरू करे, इसके पहले उसे लेकर मैं यहाँ से निकल जाऊँ। बाँह में बाँह डालकर हम गेट तक आए और फिर ऑटोरिक्शावाले को बुलाया।

ड्राइवर से मैंने धीरे से कहा, 'रेलवे स्टेशन।'

दिल्ली के नामी क्रिकेट ग्राउंड का नाम लेते हुए ऊँची आवाज में जॉर्ज बोला, 'फिरोजशाह कोटला।' कोई बात नहीं, मैंने सोचा कि हम आगे बढ़ेंगे तो ड्राइवर को समझा देंगे। मैंने जॉर्ज को ऑटोरिक्शा पर बैठाया और जल्द ही हम कोटला की ओर बढ़ने लगे।

अनसुनी न हो पानेवाली तेज आवाज में मैं फिर बोला, 'रेलवे स्टेशन।'

भतीजे जॉर्ज ने फिर उतनी ही दृढ़तापूर्वक कहा, 'कोटला।'

स्कूटर ड्राइवर क्रिकेट ग्राउंड की ओर ही बढ़ा जा रहा था। निश्चित तौर पर ड्राइवर पर जॉर्ज ने ज्यादा प्रभाव डाला था।

ड्राइवर के कंधे को थपथपाते हुए मैंने कहा, 'देखो, यह मेरा भतीजा है और इसका दिमाग ठीक नहीं है। यह मानसिक चिकित्सालय से भाग आया है। मैं उसे फिर से वहाँ पहुँचाने जा रहा हूँ। हमें 11.15 की ट्रेन पकड़नी है।'

स्कूटर ड्राइवर ने रफ्तार धीमी की और भतीजे जॉर्ज व मुझे ठीक से देखा और फिर घूम गया। जॉर्ज ने ड्राइवर को विजयी मुस्कान दी और फिर मेरी ओर देखते हुए अपना सिर हिलाया। ड्राइवर ने सहानुभूतिपूर्वक सिर हिलाया और सीधे स्टेडियम की ओर बढ़ गया।

खैर, मेरा यह हमेशा से मानना रहा है कि मानसिक संतुलन और मानसिक असंतुलन के बीच बहुत ही पतली विभाजक रेखा है। लेकिन इस बात की अनुभूति नहीं थी कि यह इतनी अधिक पतली है कि मैं खुद ही इसके घेरे

में आ जाऊँगा। क्रेजी कौन था—जॉर्ज, मैं या ड्राइवर?

हम लोग लगभग कोटला पहुँच रहे थे और मेरा इरादा पूरे दिन का खेल भतीजे जॉर्ज के साथ देखने का कतई नहीं था। वह क्रिकेट मैचों में उत्तेजित हो जाया करता था—यह आश्चर्य ही है कि बिलकुल नीरस खेल में ऐसा कैसे हो जाता था! एक बार तो वह घेरे को तोड़कर अपने बैट के साथ विकेट पर चला गया था और तीसरे नंबर पर (रणजी इसी नंबर पर बल्लेबाजी करते थे) बल्लेबाजी करने को अड़ा हुआ था। अंपायर ने उसे मैदान से बाहर करने की कोशिश की, तो उसने उन पर हमला कर दिया। एक दूसरे मौके पर वह अपने प्रोटेक्टिव बॉक्स के साथ तेजी से ग्राउंड में घुस गया था।

लेकिन ऑटो ज्यों ही धीमी हुई मैं झट से कूद गया और भाग निकला। इस तरह मैंने ड्राइवर की शंका और भय की पुष्टि कर दी। मुझे नहीं मालूम कि जॉर्ज के पास पैसे थे भी या नहीं या ऑटो ड्राइवर को किराया मिला या नहीं। ऑटो रिक्शा ड्राइवर ऐसे मौकों पर आक्रामक हो जाते हैं, लेकिन पागल भी तो ऐसा ही करते हैं। बहरहाल, जॉर्ज को यह घटना याद नहीं है।

तीन दिन बाद अस्पताल से मुझे खबर मिली कि जॉर्ज खुद ही वहाँ लौट आया है। उत्साहपूर्वक मैच में शतक जमाने का दावा कर रहा है। चलिए, वह किसी-न-किसी रूप में मैच में शामिल तो हुआ ही था!

मैं मानता हूँ कि अंत भला तो सब भला! भतीजा जॉर्ज सामान्य तौर से हिंसक प्रवृत्ति का नहीं था, लेकिन मुझे लगता है कि ऑटो ड्राइवर भी निराला ही था। मैंने उसे फिर दिल्ली में कभी नहीं देखा। लगता है, वह कहीं दूसरी जगह चला गया! मुझे इस बात की चिंता रहती है कि उसके गायब होने का संबंध कहीं उसके रिक्शे पर जॉर्ज के बैठने से तो नहीं है! फिर यमुना भी तो कोटला के बहुत करीब ही है।

□

19

क्रिकेट—फील्ड प्लेसिंग

लॉन्ग लेग पर एक पैर को हैं क्रैंप
शॉर्ट लेग को है दो
ट्वेल्थ मैन कर रहा मिड-ऑफ पर फील्डिंग,
क्यों मिड-ऑन पर है लू
चूँकि स्क्वायर लेग पर है लौंग लेग
लॉन्ग ऑफ को बढ़ा दिया गया है आगे
सिली प्वॉइंट गली को लौटा
कवर प्वॉइंट एक दो कदम पीछे गया
हर कोई खोज रहा था ड्रिंक्स ट्रॉली
फ्सर्ट स्लिप ने उँगलियों से पकड़ा कैच
तो भूल गया कि
पुरानी की जगह आ गई है नई गेंद।

□

20

रोमांस का हश्र

टेलीफोन से मुझे घृणा है। दोपहर बाद या देर रात इसकी कानफोड़ू आवाज न सिर्फ नसों को फड़फड़ा देती है, बल्कि मेरे पढ़ने, लिखने या सोने में भी बाधा पैदा करती है। इतना ही नहीं, कोई गीत, क्रिकेट या फुटबॉल मैच मुझे रिझाना शुरू करे और फोन की घंटी बज जाए तो उसमें भी विघ्न पड़ता है। तकिए के नीचे सेलफोन रखने के लिए मुझे कोई भी प्रेरित नहीं कर सकता, लैंडलाइन ही काफी है। आमतौर पर इसपर जवाब देने के लिए मैं किसी और को लगा देता हूँ।

गौतम यह काम ठीक-ठाक कर लेता है, बजाय इसके कि कभी-कभार चोंगा उठाकर बुदक देता है, 'दादा कह रहे हैं कि वे घर पर नहीं हैं' या दादा कह रहे हैं कि 'नरक में क्यों नहीं चले जाते आप!' बिना लाग-लपेट कहता है गौतम!

कभी-कभार ही मुझे यह अच्छी खबर देने के लिए फोन आता है कि आपका चेक मेल में है। नहीं तो अकसर चंदा माँगने, या बूढ़े लेखकों में बढ़ रहे अल्जाइमर या सर्वाधिक जहरीले मसाले में महिलाओं की अग्रणी सहभागिता, या बदलते मौसम के परिप्रेक्ष्य में जनसंख्या वृद्धि पर आयोजित कॉन्फ्रेंस में भाषण देने के लिए आमंत्रण वाले फोन ही आते हैं। भाषण देनेवाले लोगों का मैं पूरा सम्मान करता हूँ, लेकिन मैं भी भाषण देने लगूँ, यह मैं कतई नहीं चाहता। और ना ही किसी का भाषण सुनना पसंद करता हूँ। इस दुनिया में

करने के लिए और भी ढेर सारे अच्छे काम हैं।

फिर भी, कभी-कभार किसी पुराने दोस्त का फोन आना अच्छा लगता है, और उसमें भी यदि वह महिला मित्र हो, जिसे मैं चालीस साल पहले जानता और प्यार करता था। ऐसा फोन आने पर तो किसी की भी धड़कन तेज हो जाएगी, कोई भी खुद को युवा और जिंदादिल महसूस करने लगेगा और कुछ भी करने को उतारू हो जाएगा।

और फिर एक शाम जब फोन की घंटी बजी तो गौतम ने चोंगा उठाया और बोला, 'दादा, एक महिला आपसे बात करना चाहती हैं।'

'क्या उसकी आवाज अच्छी है?'

'लगता है, उन्हें खाँसी हो गई है।'

मैंने फोन ले लिया और बोला, 'हेलो'।

'क्या रस्किन बोल रहे हैं?'

'हाँ, बोल रहा हूँ'

'मैं सुशीला हूँ'

'कौन?'

'सुशीला, नहीं पहचान रहे आप? जब मैं छोटी थी, तो हम लोदी गार्डन में मिले थे।'

मैं विस्मित हो बोला, 'सुशीला! नहीं, मेरी सुशीला।'

'हाँ।'

यादें घूमने लगीं। मेरे साथ जामुन खाती हुई सुशीला! रीगल सिनेमा की मंद रोशनी में मेरा हाथ पकड़ी हुई सुशीला, उसे घर छोड़ते वक्त उसके हाथ को चूमना, फिर एक हिल स्टेशन में उससे हुई मुलाकात। पिकनिक! रोमांस! और जामुन! और चुंबन! 'क्या तुम मुझसे शादी करोगी?' 'इस पर विचार करूँगी…।'

मैं फोन पर सँभलने की कोशिश कर रहा था। गौतम ने मुझे निहारते हुए सवाल किया, 'आपके हाथ काँप क्यों रहे हैं?'

मैं फोन पर फिर बोला, 'सुशीला, इतने दिनों बाद! तुम्हें कितने बच्चे हैं?'

यह कोई रोमांटिक सवाल नहीं था, लेकिन पूछना तो था ही।

उसने कहा, 'छह, मैं दादी बन चुकी हूँ।'

'ओह!' मैंने दादी के रूप में सुशीला की कल्पना करने की कोशिश की, लेकिन ऐसा कर नहीं सका। क्या मेरी ही तरह उसकी ठुड्डी भी मोटी हो गई होगी? मैं उम्मीद करता हूँ, ऐसा नहीं हुआ होगा। उसके गाल पर छोटा सा तिल था।

मैंने कहा, 'तुमने याद किया, बहुत अच्छा लगा।'

'लेकिन आप तो मुझे पूरा भूल ही गए।'

'नहीं, नहीं। मैं अकसर तुम्हारे बारे में सोचता रहता हूँ।'

'तो फिर, मेरी एक मदद करें।'

'तुम जो कहो।'

'तो फिर ऐसा है कि मेरी ननद अपने छोटे बच्चे का नाम सेंट जॉर्ज में लिखवाना चाहती है। उसका मानना है, वहाँ जरूर आपका प्रभाव होगा।'

'वहाँ तो मेरा कोई प्रभाव नहीं।'

यह सब रोमांटिक नहीं था। यह उत्तेजक भी नहीं था। चालीस साल बाद मेरी प्रेमिका ने फोन किया और यह कहने के बजाय कि वह अब भी मुझे प्यार करती है, वह स्कूल में नाम लिखवाने में मेरी मदद माँग रही है!

'आप इन स्कूलवालों को जरूर जानते होंगे।'

'सच में, मैं नहीं जानता।'

'तो फिर, वे लोग आपको जानते होंगे?'

'बहुत दूर से। वे सभी इसके लिए प्रवेश-परीक्षा और इंटरव्यू आयोजित करते हैं।'

'तो आप मदद नहीं कर सकते?'

'मैं क्या कर सकता हूँ, देख नहीं लेता, तब तक कैसे कुछ कहूँ।'

लाइन के दूसरे छोर पर थोड़ा विराम हुआ और फिर आवाज आई 'तो फिर ठीक है, आपसे बात करके अच्छा लगा मिस्टर बॉण्ड।'

'मुझे भी अच्छा लगा।'

'हम लोगों से मिलने कभी आप घर आइए। बच्चे आपसे मिलना चाहेंगे।'

'मुझे भी। सभी छह बच्चों को। '

'और पोते-पोतियाँ?'

फोन पूरा हुआ। रोमांस खत्म हुआ। यादों के झरोखे में कुछ और नहीं!

गौतम ने पूछा, 'कौन थीं वह?'

'बस एक पुरानी मित्र।'

'बूढ़ी या युवा मित्र?'

'बहुत बूढ़ी, अब तक निश्चित तौर पर उसे तीन तिल हो गए होंगे।'

□

कभी-कभी अपने युवावस्था के भाव-प्रवण क्षणों को भूल जाना बेहतर होता है—विशेषकर अगर उनका अंत दुखद अलगाव में होता हो। और कभी-कभी हम हाल की घटनाओं को भूल जाने की कोशिश करते हैं, अगर पसंदीदा तौर से घटनाएँ नहीं घटतीं।

कैंब्रिज बुक डिपो के सामनेवाली बेंच पर मेरे बगल में बैठे उम्रदराज सज्जन ने मुझसे सवाल किया, 'क्या आपको कुछ पता है कि मैं कौन हूँ?' जमीन पर फेंका हुआ एक बस टिकट फड़फड़ाया और मेरे पैर के पास आ गया। वह सज्जन मेरे लिए पूरी तरह अनजान थे, लेकिन अजनबियों से मेरा सामना होता रहता है, खासकर व्यस्त माल रोड पर।

मैंने कहा, 'मैं नहीं पहचान पा रहा। शायद आप मुझे बता सकते हैं।'

खीजे अंदाज में उन्होंने कहा, 'अगर मैं जानता, तो आपसे पूछता ही क्यों? और फिर यह देखकर कि मैं आगे बढ़ने वाला हूँ, उन्होंने कहा, 'समस्या यह है कि मैं अपनी याददाश्त खो चुका हूँ!'

'ऐसा श्रेष्ठ लोगों के साथ होता है—अल्जाइमर। रीता हेवर्थ, रोनाल्ड

रीगन··· अभिनेता इससे ग्रस्त होते हैं, लेखकों को होता है यह रोग। क्या आपको याद है कि आपकी याददाश्त किस तरह खत्म हुई?'

'अगर मुझे यह याद रहता तो फिर मैंने इसे खोज लिया होता। क्या मैं नहीं खोज लेता?'

'मैं ऐसा मानता हूँ। अगर आप चाहें···।'

वह व्यक्ति अच्छी अंग्रेजी में बोल रहा था, 'मैं सोचता हूँ, कर सकता हूँ। लेकिन इसे लेकर मैं किसी बहस में नहीं पड़ना चाहता। मेरे पास परिकल्पित तर्क हैं। क्या आपके पास इस बारे में कोई जानकारी है कि मैं कौन हो सकता हूँ?'

मुझे नहीं पता था कि याददाश्त खोना इतना बुरा होता है। लेकिन मैंने उनकी मदद करने का निर्णय लिया। संभवतः वे एक लेखक ही थे।

मैंने उनसे पूछा, 'आप रह कहाँ रहे हैं?'

'मुझे नहीं पता। पिछले दो घंटे से मैं सभी होटलों में जा रहा हूँ। वहाँ के रजिस्टरों को देख रहा हूँ। कोशिश कर रहा हूँ कि उन नामों को देखकर मुझे अपना नाम याद आ जाए। लेकिन अब तक मेरे भाग्य ने साथ नहीं दिया है। मुझे बस इतना याद है : मैं खुली जगह में बैठा हुआ था, उसी वक्त सूर्य की ओर कोई बड़ी चीज बढ़ी और उसने सबकुछ समाप्त कर दिया।'

'मुझे नहीं लगता कि हॉल में ग्रहण लगा है। क्या आपको याद नहीं है कि आप कहाँ बैठे हुए थे?'

'शायद अपने होटल के कमरे के बाहर! स्वभावतः मैं स्थायी रूप से वहीं रहता था, लेकिन मुझे कोई पहचान नहीं रहा। मुझे डर इस बात का लग रहा है कि बादशाह शाह आलम जिस रोग से ग्रस्त हैं, कहीं वही रोग तो यह नहीं है, बादशाह को तो कोई असुविधा नहीं होगी, लेकिन अगर मेरी स्मृति तुरंत नहीं लौटी तो आज रात रहने के लिए मेरे पास कोई जगह नहीं रहेगी।'

शरलॉक होम्स के अपने अंदाज में मैंने अनुमान लगाया कि 'अगर आप बादशाह की बीमारी के बारे में इतना अधिक जानते हैं, तो फिर आप इतिहासकार हो सकते हैं। इतिहास के प्रोफेसर या ऐसा ही कुछ, निश्चित तौर पर शिक्षाविद्।'

वे काफी प्रसन्न दिखे। 'शायद आप सही हैं। विशिष्ट व्यक्ति होने का एहसास मुझे बराबर होता रहता है।'

मैंने पूछा, 'आपने काफी कुछ लिखा और डेस्कवर्क किया है?'

'आप कैसे जानते हैं?'

'आपके कोट की कोहनी फटी हुई है और कफ (कलाईबंध) उधड़ा हुआ है। आपने पढ़नेवाला चश्मा पहन रखा है, दूर देखने वाला नहीं, उसे आपने कहीं रख दिया है। आपके कोट की जेब में दो पैन हैं—आप कंप्यूटर का इस्तेमाल नहीं करते। हाँ, आप विशिष्ट योग्यतावाले व्यक्ति हैं, लेकिन साथ ही सीमित साधन वाले भी—बेशक शिक्षक।'

'आप तो बहुत चालाक हैं।'

'थोड़ा-थोड़ा, माई डियर प्रोफेसर दत्त।'

'दत्त! क्या यह मेरा नाम है? इस पृथ्वी पर आपने इसका पता कैसे लगा लिया?

'यह कोई बहुत कठिन काम नहीं था। आपको देखकर मुझे जब यह एहसास हो गया कि आप कॉलेज प्रोफेसर ही हैं, तो फिर मुझे यह मालूम करना था कि आप आए कहाँ से हैं! फिर बैठते वक्त आपने बस का जो टिकट फेंका था, उससे मुझे मालूम हुआ कि आप करनाल से आए हैं। मुझे मालूम है कि करनाल में एक अच्छा कॉलेज है, जहाँ इतिहास के तीन प्रोफेसर हैं- प्रो.दास, मनसाराम और दत्त। प्रो. दास पश्चिमी कपड़ों के प्रति अपनी नापसंदगी को लेकर विख्यात हैं और आप सर, ब्रिटिश शिक्षाविद् की पोशाक पहने हुए हैं, इसलिए आप प्रो. दास नहीं हो सकते। और ना ही प्रो. मनसाराम।'

'क्यों नहीं?'

'इसलिए कि अभी पिछले माह ही उन्हें दिल का दौरा पड़ा था। उन्हें इस ऊँचाई पर छुट्टी मनाने की सलाह नहीं दी जा सकती। तो फिर आप निश्चित तौर पर प्रो. दत्त हैं।'

तभी पीछे से बुलंद आवाज आई, 'बिलकुल सही, ये दत्त हैं।' आवाज

सुनकर मैं घूमा, चौंका और बड़े फूलगोभी के आकारवाली एक महिला को, स्वजन को देख अपनी ओर बढ़ते देखा।

उनकी आँखों के स्वामित्व भाव और प्रोफेसर की सकुचाहट से साफ हो गया कि आगे बढ़ रही प्रतिशोध देवी निश्चित रूप से उनकी पत्नी ही है।

झिड़कते हुए वह बोलीं, 'मैं हर जगह तुम्हें तलाश रही थी।'

भुलक्कड़ प्रोफेसर बुदबुदाए, 'मैं तो कहीं भी नहीं था।' बहरहाल, मैं यहाँ हूँ डियर।'

महिला ने मुझसे पूछा, 'क्या इन्होंने आपको बताया कि ये याददाश्त खो चुके हैं? अनजान लोगों की सहानुभूति हासिल करने के लिए ये अकसर यही तरकीब अपनाते हैं।'

प्रोफेसर चिल्लाए, 'ये अपरिचित नहीं हैं। ये डॉ. मनसाराम के मित्र हैं।'

मिसेज दत्त प्रभावित नहीं थीं। वे घने बादल की तरह अपने पति पर छाई रहीं और प्रोफेसर की जिंदगी की सारी धूप खत्म हो चुकी थी।

वह उन्हें ले जाने लगीं तो प्रोफेसर बोले, 'गुडबॉय, काइंड सर।'

और जब मैं इस अप्रिय वैवाहिक दृश्य को देख रहा था, तो सोचने लगा कि अगर बहुत पहले···बहुत पहले सुशीला के सामने रखा गया मेरा प्रस्ताव स्वीकार कर लिया गया होता तो कहीं मेरा भी यही हश्र तो नहीं होता!

वह बहुत स्वीट थी, लेकिन कड़े मिजाज की भी। कहीं वह भी आगे चलकर मिसेज दत्त जैसी तो नहीं हो जाती? टेलीफोन पर तो वह बिलकुल कड़क लग रही थी। और मैं तो जैसे-तैसे रहनेवाला, सहिष्णु, सामंजस्य बनानेवाला और थोड़ा भुलक्कड़ भी हूँ।

प्रोफसर दत्त थोड़ी दूर चले गए तो मैंने कहा, 'गुडबॉय! डॉ. मनसाराम को मेरा नमस्कार कहिए!'

अपनी याददाश्त खो देने की चाहत रखने के लिए आप उनपर दोषारोपण नहीं कर सकते। उनकी स्थिति में मैं भी शायद ऐसा ही करता।

□

21

उम्रदराज महिलाओं की प्रशंसा में

पिछले अध्याय से ऐसा लगा होगा कि मैं नारी-द्वेषी हूँ। लेकिन ऐसा है नहीं। सच्चे प्यार और रोमांस का रास्ता पथरीला साबित होने और वेदी पर लड़खड़ाने या रजिस्ट्रार ऑफिस से लौट जाने के बावजूद महिलाओं से दोस्ती और उनकी संगत का आनंद मैं हमेशा से उठाता रहा हूँ। अगर सही अर्थ में कहूँ तो विशेषकर, उम्रदराज महिलाएँ ज्यादा उत्तेजक होती हैं।

मैं सिर्फ बारह का था, जब अठारह की लड़की के द्वारा आहत किया गया। वह एक सुंदर एंग्लो-इंडियन लड़की थी, जो ब्रिटिश सेना के एक सार्जेंट मेजर से शादी करने के पहले कई दिलों को तोड़ चुकी थी। लेकिन वह 'पप्पी लव' था और मैं उस स्थिति से जल्द ही उबर गया।

दरअसल, मैं यहाँ कुछ उन महिलाओं को याद करना चाहता हूँ, जिन्होंने मेरे रास्ते, मेरी मदद की या फिर जो केवल अच्छी सहचर थीं। अगर आप वास्तव में जानना चाहते हैं कि सहचर शब्द से मेरा अभिप्राय: क्या है तो आप निश्चित रूप से जे.बी. प्रिस्टले का क्लासिकल उपन्यास 'द गुड कंपेनियंस' देखें। इसमें सनकी, लेकिन प्रतिभाशाली लोगों के बेमेल समूह के द्वारा इंग्लैंड के कोने-कोने में छोटे थियेटरों में नुक्कड़ प्रदर्शन के साझे अनुभवों से बढ़ी दोस्ती की अद्‌भुत कहानी है।

खैर, मेरा काम शब्दों को कागज पर उतारने और कभी-कभार भारत में इधर-उधर घूमने, पढ़ने और बहुत सारे स्कूलों, जहाँ प्राय: सभी प्रिंसिपल

और शिक्षक महिलाएँ ही होती हैं, के बच्चों के साथ बात करने तक सीमित है। मैं पुरुष शिक्षिकों के प्रभुत्ववाले बोर्डिंग स्कूल में बड़ा हुआ हूँ, जहाँ हमारे शिक्षक हम सबको खेल के मैदान में ले जाने में ज्यादा दिलचस्पी रखते थे। इस कारण ऐसे स्कूलों को देखकर अच्छा लगता है, जहाँ बच्चों को सिर्फ पाठ्यक्रम की पुस्तकों के लिए ही प्रोत्साहित नहीं किया जाता, वरन् अन्य पुस्तकों के लिए भी जागरूकता पैदा करते हैं। टेलीविजन और इंटरनेट की प्रतिस्पर्धी आकर्षण के बावजूद पुस्तक-प्रेमियों की संख्या लगातार बढ़ रही है और ऐसा मुख्य रूप से प्रबुद्ध स्कूली शिक्षकों के प्रयास से हो रहा है और इसमें थोड़ा योगदान प्रबुद्ध अभिभावकों का भी है।

निश्चित तौर से मेरे पिता पढ़ने के लिए मुझे प्रोत्साहित करते थे और मैं चाहता हूँ कि हरेक पिता अपने बच्चों के साथ ऐसा ही करें। लेकिन जब मैं लेखक बना तो मेरी पहली संपादकों में सब की सब महिलाएँ थीं। डायना एथिल, जिन्होंने मुझे पहला उपन्यास लिखने के लिए प्रोत्साहित किया, और केइ वेब, जिन्होंने 'यंग एलिजाबिथन' में मेरी कहानियाँ प्रकाशित कीं। डायना अच्छी दोस्त बन गईं और लंदन में वर्षों तक एकाकी जीवन बिताने के दौरान जीवन को सहनीय बनाने में मदद कीं। वे मुझसे पंद्रह साल बड़ी थीं, लेकिन मैंने इस पर कभी ध्यान नहीं दिया। हम आपस में बहुत सारे विषयों (पुस्तक, फिल्म, म्यूजिक) पर बाते करते थे और बहुत जगह (थियेटर, सिनेमा, रेस्तराँ, पार्क) साथ घूमने जाते थे। और आखिरकार, जब मैंने भारत लौटने के लिए लंदन छोड़ा था, तो वे एकमात्र ऐसी व्यक्ति थीं, जिनकी अनुपस्थिति वास्तव में मुझे खलती रही।

मेरी सिटोन ऐसी ही बौद्धिक उपलब्धि वाली महिला थीं, लेकिन उनसे उतनी निकटता नहीं थी। उनसे मेरी जान-पहचान साठ के दशक के शुरुआती वर्षों में दिल्ली में हुई थी।

आज, मेरी सिटोन को शायद सबसे अधिक उनके द्वारा लिखी गई सत्यजीत रे की जीवनी के लिए याद किया जाता है। उन्होंने वर्षों तक उनकी चलचित्र-

कला का अध्ययन किया था, उन्हें व्यक्तिगत रूप से जानती थीं और उनकी फिल्मों में सच्ची दिलचस्पी रखती थीं।

'सत्यजीत रे' की फिल्मों की दीवानी बनने से पहले भी फिल्मों में उनकी गहरी अभिरुचि थी। मैंने पहली बार उनका नाम 1953 में सुना था, जब मैं लंदन में था और अपरिपक्व युवा था। एकाकी युवा, जो फिल्मों में पैठ बनाना चाहता था, 'द एकेडमी', 'ऑफ लिसेसटर' और 'एवरीमैन इन हैंपस्टीड' जैसी छोटी फिल्मों के पीछे पड़ा रहता था, साइलेंट क्लासिक से लेकर जीन रिनोव्यार की लायरिकल फिल्में और जैकूव्स टाटी की कॉमेडी देखा करता था। मुझे याद है, आइंस्टाइन का दौर चला हुआ था। ये फिल्में थीं, बैटल्सशीप पोटेमकिन और किसी मेरी सिटोन के द्वारा संपादित अधूरी फिल्म 'क्यू विवा मेक्सिको'। मैं मेरी सिटोन के बारे में मैं कुछ नहीं जानता था। लेकिन उनका नाम मुझे याद है, क्योंकि यह एक यादगार फिल्म थी और मैंने इसे कई बार देखा था।

सात साल बाद, जब मैं दिल्ली में रहते हुए काम कर रहा था, मेरी मुलाकात मेरी स्टोन से हुई। मुझे यह याद नहीं कि हमारी मुलाकात किस तरह हुई। मैं पार्टियों में नहीं जाता था और वैसे भी पचास और साठ के दशक में दिल्ली में पार्टियाँ कम ही होती थीं। उस समय मैं 'केयर' के लिए काम करता था, और संभव है कि केयर के प्रमुख, ऑडेन मिकर ने उनसे मेरी मुलाकात कराई हो! ऑडेन मिकर खुद भी लेखक थे। उस समय तक मैंने सिर्फ एक ही उपन्यास लिखा था—'द रूम ऑन द रूफ'। वे जिस किसी को जानते थे, उसे मेरा यह उपन्यास देते थे और उससे इसे पढ़ने का आग्रह करते थे। इस तरह मेरी सिटोन को इसकी प्रति मिली थी। और अगर संयोगवश जहाँ कहीं भी मैं उनसे टकरा जाता तो वे कहतीं, 'मैंने आपकी पुस्तक पढ़ी है—वास्तव में यह अद्‍भुत है!' और जब मुझे उन्होंने अपना परिचय मेरी सिटोन के रूप में दिया तो मुझे यह कहने का मौका मिला, 'लेकिन 'क्यू विवा मेक्सिको' में आपके काम जैसा अद्‍भुत नहीं।'

लंबे समय तक दोस्ती बनाए रखने के लिए एक-दूसरे की प्रशंसा करने से बेहतर तरीका कुछ और नहीं हो सकता।

मेरी सिटोन को बात करने में मजा आता था, बशर्ते उन्हें ज्यादा बोलने का मौका मिले। जब उन्हें मालूम हो गया कि मैं एक अच्छा श्रोता हूँ, तो वे मुझे शाम में कनाट सर्कस स्थित नरूला के कॉफी कैफे में बुलाने लगीं। उनको सुनना कभी उबाऊ नहीं लगा, लेकिन मैं जल्द ही जान गया कि मुझे उनके सामने बैठना चाहिए, क्योंकि अगर मैं उनकी बगल में बैठता तो फिर अपना सिर लगातार उनकी ओर रखने के कारण मेरी गरदन में मरोड़ पड़ जाती।

फिल्मों और विशेषकर यूरोपियन फिल्मों के बारे में अपार ज्ञान के अलावा उन्हें नवीनतम लेखकों, कलाकारों और संगीतज्ञों के बारे में भी पूरी जानकारी थीं। और वे ब्रिटिश राजपरिवार की विशेषज्ञ दिखती थीं।

राजकुमार व राजकुमारियों, ड्यू और डचेज से जुड़े स्कैंडलों के रोचक प्रसंग सुनाने में उन्हें कोई गुरेज नहीं था। मुझे उनकी गॉसिप सुनना अच्छा लगता था, लेकिन उनमें से अधिकांश आज मुझे याद नहीं हैं। वह अनेक फिल्म स्टारों को भी जानती थीं और उनके बारे में गोपनीय जानकारियाँ दिया करती थीं—कौन समलैंगिक था, कौन इतरलिंगकामी था, कौन नपुंसक था और किन-किन लोगों का विवाहेतर संबंध था, उन्होंने मुझे बताया था कि हॉलीवुड के सबसे बेहतर हंगमैन गेरी कूपर थे। चार्ली चैपलिन कामोन्मत्त थे। टायरन पावर समलैंगिक और लेडीज मैन इरोल फ्लाइन व्यभिचारी, शराबी और तमाम तरह की बुरी लतों वाले थे।

बाद में मैंने पाया कि वास्तव में सभी गॉसिप बिना ठोस आधार के नहीं होती थीं। मेरी ने मुझे बताया था कि सोमरसेट मैगहाम ने अपनी बेटी को छोड़ दिया था कि रिचर्ड बर्टन शराबी थे और फिल्म नायिका मेरली ओबेरन का जन्म कलकत्ता में हुआ था, न कि तसमानिया में, जैसाकि वे दावा करती हैं। सच में सब-के-सब सही!

मेरी सेटोन एक आजाद महिला थीं, जो काफी घूम चुकी थीं। इसलिए

कुछ माह बाद मैं दार्जिलिंग के एक मॉल में उनसे टकरा गया, तो मुझे कोई आश्चर्य नहीं हुआ।

कॉफी या गॉसिप के लिए उनके पास जरा भी समय नहीं था, क्योंकि सत्यजीत रे अपनी नई फिल्म कंचनजंगा बना रहे थे और वे उसका अवलोकन करने में जुटी हुई थीं।

मेरी सड़क पर मुझे देखकर चिल्लाईं, 'क्या तुमने मेरी 'हेनरी ग्रीन' पढ़ी ?'

मैंने कहा, 'नहीं, मैंने हेनरी ग्रीन अभी नहीं पढ़ा। आज तक इसे नहीं पढ़ सका। लेकिन उन्हें लगता था कि उन्होंने अपनी वह किताब मुझे दी है और इस कारण इसे पढ़ने के लिए मुझ पर बराबर दबाव डालती रहती थीं।'

आखिरकार, जब मैंने उन्हें समझा दिया कि मैं 'हेनरी ग्रीन' का कायल नहीं हूँ, तो फिर उन्होंने मेरा परिचय महान् सत्यजीत रे से कराया।

हमेशा की तरह, सत्यजीत रे शिष्ट और मित्रवत् थे और उन्होंने मुझे अपनी कुछ आउटडोर सीन की शूटिंग देखने के लिए आमंत्रित किया। मैं शूटिंग देखने गया, लेकिन फिर मेरी को वहाँ नहीं देखा, क्योंकि एक स्टिल फोटोग्राफर के साथ उनका 'अफेयर' चल रहा था।

मैं 'केयर' के काम से दार्जिलिंग आया था और एवरेस्ट होटल में ठहरा हुआ था, जहाँ दो-दो फिल्मी टीम भी थीं—सत्यजीत रे और उनकी यूनिट तथा शम्मी कपूर और उनका दल। अगर मेरी याददाश्त सही है, तो शम्मी कपूर अपनी फिल्म 'प्रोफेसर' पर काम कर रहे थे।

चलचित्रण के प्रति इन दोनों प्रोडक्शन यूनिटों के नजरिए में स्पष्ट अंतर था। रे पूरी तरह से स्थिति और स्थान के आधार पर अपनी फिल्म बना रहे थे, जबकि बॉलीवुड समूह सिर्फ गानों एवं नृत्यों के पृष्टपट में हिल स्टेशन का इस्तेमाल कर रहा था। उन लोगों ने अपने इस काम के लिए रेलवे लाइन का भी इस्तेमाल किया था। सत्यजीत रे अपनी सिनेमाई कला की सहजता व स्वाभाविकता के प्रतीक थे, तो कपूर ऐंड कंपनी बनावटीपन के साथ थी।

इस मुलाकात के बाद मैंने मेरी सिटोन को फिर कभी नहीं देखा। पहाड़ियों

पर कुछ-कुछ एकाकी जीवन के लिए मैंने दिल्ली छोड़ दिया, जबकि वह अपने बहुविध कार्यकलापों में लगी रहीं, खासकर सत्यजीत रे की बेहतरीन जीवनी लिखने में।

□

मुझे आकर्षित एवं मोहित करनेवाली उम्रदराज महिलाओं की चर्चा करने के क्रम में मैं लिलियन, जिसे हम 'लिली' कहकर पुकारते थे, को नहीं भूल सकता। वह मुझसे बारह साल बड़ी थी। उसकी माँ मेरी दादी की सहेली थी। लिली देहरादून में पली-बढ़ी थी। वह सुंदर थी, दिल्लगी पसंद थी, जिसने अठारह साल की उम्र में सेना के एक जवान के विवाह-प्रस्ताव को स्वीकार लिया था। यह जवान द्वितीय विश्वयुद्ध के दौरान देहरादून में पदस्थापित था। शादी में मुझे बतौर 'पेज ब्वॉय' आमंत्रित किया गया था और पुरस्कारस्वरूप मिला था वेडिंग केक का एक बड़ा टुकड़ा। और मेरी ड्यूटी थी बारातियों को कॉन्फेटी (बारातियों के ऊपर फेंके जाने वाले रंगीन कागज के छोटे-छोटे टुकड़े) की अंतहीन आपूर्ति करना। उस वक्त मेरी उम्र थी मात्र छह साल और पूरे जोश के साथ मैंने यह काम किया था।

मुझे अद्‍भुत वेडिंग केक दिया गया था। परत-दर-परत बर्फ लगा हुआ था, सभी प्रकार की मीठी सामग्रियों से सजा हुआ और केक के आकर्षक तल में किशमिश व दूसरे ड्राई फ्रूट्स का भंडार था। ऐसे सृजन को देख मेरा मन आज भी काव्यात्मक हो जाता हूँ।

बतौर 'पेज ब्वॉय' मुझे एक बड़ा हेल्पिंग दिया गया था। इसके परिणामस्वरूप जब लिली और गुलाबी गाल वाले उसके जवान दूलहे को लोग उत्साहपूर्ण विदाई देने लगे तो मैं भी पूरे उत्साह में था।

लिली के बारे में मैं इस कारण नहीं लिख रहा कि उसके प्रति मेरे मन में कोई प्रेमोन्माद था, बल्कि अपने एवं उसके जीवन की कई घड़ियों में मेरा-उसका सामना हुआ और हर बार वह किसी दूसरे पुरुष से शादी की हुई मिली। अशांत जीवन में लिली को कुल पाँच पति मिले। मैं सहनशीलता, दृढ़ता और

आशावादिता के लिए उसकी प्रशंसा करता हूँ, क्योंकि उसने पूरी जिंदगी इस उम्मीद में गुजार दी कि एक दिन उसे सही आदमी, पार्टनर, प्रेमी और सबकुछ मिलेगा! लेकिन हकीकत है कि ऐसा कुछ है नहीं, मनुष्य बहुत ही त्रुटिपूर्ण सृजन है।

देहरादून में लिली की शादी में शामिल होने के ११ साल बाद मैं जर्सी में था, जहाँ उससे फिर मेरी मुलाकात हुई। सेना का जवान उसे एक छोटे बेटे के साथ छोड़ विलुप्त हो गया था। अब उसकी शादी फल-सब्जी के व्यवसायी से हो गई थी। उसने लिली को दो हृष्ट-पुष्ट बेटियाँ दी थी। दुर्भाग्यवश, फल-सब्जी व्यवसायी लिली के संसाधन-प्रबंधन के उच्चस्तरीय मानकों पर खरा नहीं उतर सका और जल्द ही अत्यधिक शराब पीने लगा। जब वह बहुत अधिक नशे में हो जाता था, तो लिली उसे घर के बाहर बाँध देती थी। एक बार वह ड्रेनपाइप से ऊपर चढ़ गया और दूसरी मंजिल की खिड़की से अंदर घुसने का प्रयास करने लगा। लिली ने उसे नीचे धकेल दिया। वह हाइड्रेंजिया की झाड़ी में जा गिरा और फिर उसे अस्पताल में भरती कराना पड़ा। इस अवधि के दौरान उससे मेरी मुलाकात नहीं हुई थी, लेकिन उसकी आंटी, जो मुझसे लगाव रखती थीं और अकसर मुझे खाने पर भी बुलाती रहती थीं, से अंदर की ये सारी जानकारियाँ मिलती रहती थीं।

भारत लौटने के बाद मैंने सुना (उसी आंटी से) कि फल-सब्जी व्यवसायी को तलाक देकर लिली ने बच्चों को आंटी के पास छोड़ दिया है। इसके बाद वह रोडेशिया (अब जिंबाब्वे) चली गई, जहाँ उसने एक श्वेत धनी किसान से शादी कर ली, जिसे पहली पत्नी से दो बड़े बेटे थे। उसकी पहली पत्नी की मृत्यु पीलिया रोग से हो गई थी। लिली रोडेशिया में तीन या चार साल तक रही सभी तरह के बुखारों को झेलती रही, लेकिन अंत में एकाकी पशुवत् जीवन से ऊबकर कुछ समय के लिए भारत लौटने के लिए जमीन और पति को छोड़ दिया।

यहाँ फिर उससे मेरी मुलाकात हुई। इस मुलाकात के थोड़ा पहले वह चौथी शादी एक पूर्व गेम हंटर से कर चुकी थी। गेम हंटर की उम्र साठ से

अधिक थी और अब वह मछली मारता था। मछली मारने में लिली की कोई रुचि नहीं थी, लेकिन डियर फ्रैंक जब दौरे पर बाहर रहता था, तो वह पुराने पारिवारिक घर में शाही तरीके से आतिथ्य-सत्कार करती थी। पुराना पारिवारिक मित्र होने के नाते ऐसे भोजों में मुझे भी बुलावा मिलता था। कभी-कभार लिली शराब और टॉनिक लेने तथा देहरादून में बिताए पुराने दिनों के बारे में गप करने के लिए मेरे घर भी आ जाती थी। हम कुछ पिकनिक पार्टियों में साथ-साथ रहे—उस समय तक पिकनिक का प्रचलन बना हुआ था—और हमने कई अहम क्षण साथ बिताए। वह दिल्लगी पसंद महिला थी, जिसे अपने से विपरीत स्वभाववाले पुरुषों से शादी करने की लत लग गई थी।

अंततः शांत पहाड़ी जीवन से ऊबकर उसने फ्रैंक से अपनी बाकी जिंदगी मछली मारते गुजार लेने को कहा और खुद अमेरिका चली गई। वहाँ जाकर उसने प्राइवेट नर्स का काम किया और अपने एक मरीज से फिर शादी कर ली। वह एक धनी व्यक्ति था, जो न्यू ऑरियंस के बड़े इस्टेट में रहता था। पहले शहर में आई तूफानी कैटरिना उसे व्हील चेयर पर ही उड़ा ले गई थी और अब तूफानी लिली ने उसकी विरासत सँभाली थी।

यह संक्षिप्त चित्रण लिली के साथ न्याय नहीं कर सकेगा। वह तो महाकाव्य की हकदार है। और इसमें उसके परिवार का इतिहास भी शामिल करना होगा, जो उसकी ही तरह रोचक है। उसके दादा ब्रिटिश अधिकारी थे। वे मद्रास में पद-स्थापित थे और बीवी-बच्चे इंग्लैंड में रहते थे। उन्हें 14 साल की एक मुसलिम लड़की से प्यार हो गया और उन्होंने उससे शादी कर ली। इसके कारण उन्हें अपनी नौकरी छोड़नी पड़ी और वे मद्रास से चले गए। पति-पत्नी देहरादून में बसे, जहाँ उन्होंने अपना परिवार बसाया। उन्हें दो बेटे और दो बेटियाँ थीं। इन बच्चों को देहरादून और मसूरी में अलग-अलग घर मिला हुआ था, क्योंकि इनके पिता के पास पैसा काफी अधिक था। मैंने उन्हें कभी नहीं देखा, क्योंकि मेरे जन्म के पहले उनकी मृत्यु हो गई थी। लेकिन मैंने उनकी विधवा को देखा, जब वे ७० पार की हो गई थीं। बिलकुल नाटी, अंगार उगलती आँखों वाली

महिला थीं वे! निश्चित तौर पर इन्हीं आँखों के जादू ने अंग्रेज को अपनी नौकरी, परिवार और समाज छोड़ उनसे शादी करने को प्रेरित किया होगा।

जब मैं बच्चा था तो इनकी एक बच्ची (लिली की आंटी) मुझे गोद लेना चाहती थी, लेकिन मेरे माता-पिता मुझे छोड़ने को तैयार नहीं हुए। अगर वे तैयार हो गए होते तो मैं भी आज उन बड़े मकानों में से एक का मालिक होता। बहुत संभव है—द पारसोनेज, जिसके मालिक आज मेरे मित्र और जाने-माने फिल्म व टेलीविजन कलाकार विक्टर बनर्जी हैं, मुझे मिल गया होता है।

विक्टर कोई पादरी नहीं हैं, लेकिन हम लोग उन्हें विकार कहते हैं। उनके घर के आस-पास पवित्रता का वातावरण है, पवित्र देवदारों, फ्लाइंग जमींदारों और अवकाश प्राप्त कंपनी एक्जिक्यूटिव से घिरा हुआ है।

मेरे पहले उपन्यास में किसी 'मीना' का उल्लेख है। इस उपन्यास, 'रूम ऑन द रूफ', में उम्रदराज महिला मीना से युवा रस्टी प्यार करने लगता है।

उपन्यास में वह किशन की माँ है। किशन भगोड़े रस्टी का दोस्त है। कुछ पाठकों का अनुमान है कि यह कहानी आत्मकथात्मक है और रस्टी खुद लेखक है। यह सच है कि मैं मीना (उसका असली नाम नहीं) से मोहित था, जो मुझसे पंद्रह साल बड़ी थी और उसके तीन बच्चे थे। किशन सबसे बड़ा बच्चा था। उसके पी.डब्लू.डी. इंजीनियर पति बड़े पियक्कड़ थे। भ्रष्टाचार के आरोप में उन्हें निलंबित कर दिया गया था।

उन दिनों चाय और सहानुभूति पर बहुत कुछ होता था। मीना मुझे चाय देती थी और मैं उसे सहानुभूति देता था। वह बेहद स्वादिष्ट पकौड़े भी बनाती थी। मैं उसके द्वारा सौंपे गए कामों को करता था, पुनर्नियोजन का आवेदन टाइप करता था, उसके दस साल के बेटे को अंग्रेजी पढ़ाता था और जब वह दूसरे कामों में व्यस्त रहती थी, तो उसके बच्चे को रखता भी था। कुत्ते की तरह की इस निष्ठा के पुरस्कारस्वरूप मुझे मिलता था मनोरंजन, स्नेह और संगति। लेकिन वह अपने पति के प्रति भी उतनी ही ईमानदार रहती थी, जो नशे की भावशून्यता में आ धमकता था।

उपन्यास में मीना मर जाती है, उसकी मौत एक सड़क दुर्घटना में होती है। शराबी पति लड़खड़ा जाता है। यह सब कथानक की अपेक्षाओं के अनुरूप होता है। हकीकत में मेरे मित्र के पिता का निधन सिरोसिस से हो गया था। मीना बुढ़ापे तक स्वस्थ रही।

मैंने उसे फिर कभी नहीं देखा, लेकिन मुझे बताया कि बाद के वर्षों में भी उसकी सुंदरता बनी रही। उसके पास वैसी क्लासिक भारतीय सुंदरता थी, जिस सुंदरता को कामिनी कौशल और नरगिस जैसी फिल्मी स्टार मूर्तिमान करती थीं। समय के साथ यह सुंदरता मंद नहीं पड़ती।

थोड़े ही दिन पहले एक पुस्तक के लोकार्पण-समारोह में एक छात्र खड़ा हो गया और उसने मुझसे पूछा, 'आप अपने से अधिक उम्रवाली महिला से प्यार कैसे कर बैठे?'

इसके जवाब में मैं सिर्फ इतना कह पाया, 'मैं कुछ कह नहीं सकता!'

मीना मुझसे प्यार नहीं करती थी, प्यार की अपेक्षा करना थोड़ी ज्यादती होगी। लेकिन मैं जिस मनोयोग से लगा रहता था, उससे वह अप्रसन्न नहीं थी। वह वाइल्ड लिखित 'ए वूमेन ऑफ नो इम्र्टेंश' के उस पात्र की तरह थी, जो कहती है—'पुरुष हमेशा महिला का पहला प्रेमी बनना चाहते हैं। यह उनका मिथ्याभिमान है। इस बारे में हम महिलाओं की ज्यादा गूढ़ समझ है। हम किसी पुरुष की अंतिम प्रेमिका बनना चाहते हैं।'

और फिर यह मीना ही थी, जिसने मुझे रोमांस की राह पर आगे बढ़ाया। अगले दस सालों तक मैं प्रेम-कहानियाँ लिखता रहा। लेकिन इन कहानियों में प्रेमी-प्रेमिका कभी खुशी-खुशी नहीं रहे।

□

22

अँधेरे में किसने किया मुझे 'किस'?

पिछले हफ्ते जो फोन मैंने रिसीव किया, अगर वह फोन नहीं आया होता तो यह अध्याय या कहानी नहीं लिखी गई होती। किसने किया था फोन, इस पर चर्चा बाद में करूँगा। यह कहना सही होगा कि इस फोन ने उस साल (कौन सा साल था, याद नहीं) की वसंत ऋतु के उस मजेदार पखवाड़े की यादों को ताजा कर दिया जब भारत-पाक एक-दूसरे से भिड़ गए थे। यह युद्ध ज्यादा दिनों तक नहीं चला, लेकिन हमारे छोटे से शहर में इस युद्ध को लेकर बहुत ही अधिक उत्तेजना थी। और यह उत्तेजना इस अफवाह को लेकर बनी हुई थी कि परी टिब्बा के नीचेवाले दर्रे में दुश्मनों के पैराशूट जवानों के साथ उतर आए हैं।

इस दर्रे का रास्ता मेरे घर से होकर गुजरता था और एक दिन दोपहर बाद मैं यह देखकर चकित हो गया कि नगर पुलिस के जवान और उनके पीछे-पीछे सैकड़ों लोगों का समूह (इनमें से अधिकांश के हाथों में हॉकी स्टिक) छोटी सी दरिया की ओर पैदल बढ़े जा रहे हैं। मैं अकसर इस दरिया के पास आकर चिड़ियों को देखा करता था। पैराशूट निकट के स्कूल की चादर निकला। पहाड़ी के उस पार रहनेवाले धोबी ने इन चादरों को सुखाने के लिए वहाँ डाल रखा था। कई दिनों कि अनवरत् बारिश के बाद सूर्य निकला था और धोबी को पहाड़ी की ओर की हरी-भरी जगहों पर स्कूल की चादरों को सुखाने का मौका मिला था। दूर से ये चादर पैराशूट की तरह दिख रही थीं। संकट के

समय, कल्पना की उड़ानें कहाँ-कहाँ पहुँच सकती हैं, इसे देखना सचमुच बड़ा मजेदार होता है।

उस समय 'ब्लैक आउट' भी होता था। हिल स्टेशन को अँधेरे में रखना निश्चित तौर पर कठिन है, लेकिन हमने अपनी ओर से हरसंभव कोशिश की। दो या तीन सम्मानित लोग अँधेरे में अपने घर का रास्ता तलाशने के क्रम में टार्च का इस्तेमाल करने के कारण गिरफ्तार कर लिये गए। लेकिन दूसरे पहाड़ों पर जो रोशनी थी, उसके लिए कुछ नहीं किया जा सकता था। वहाँ रह रहे लोगों को यह पता भी नहीं था कि युद्ध छिड़ गया है। उनके पास रेडियो, टेलीविजन और यहाँ तक कि बिजली भी नहीं थी। वे मिट्टी के तेल का इस्तेमाल करते थे या फिर लकड़ी जलाते थे।

उन दिनों मसूरी में स्मार्ट युवकों का एक दल बना हुआ था। इनमें अधिकांश कॉन्वेट स्कूलों में पढ़े कॉलेज के छात्र थे। इनमें से कुछ ने तय किया कि इस मौके पर युद्ध के लिए चंदा एकत्र करने के लिए एक शो या पुराने फैशन वाला थियेटर कार्यक्रम आयोजित करना बहुत अच्छा रहेगा। उन लोगों के दिमाग में मुझे साथ लेने का आइडिया आया। उस समय मसूरी में रहनेवाला मैं अकेला लेखक था। मैं 31 साल का था और कॉलेज में कभी पढ़ाई नहीं की थी, लेकिन उन लोगों को लगा कि अंग्रेजी में एकांकी के निर्देशन के लिए मैं उपयुक्त रहूँगा। इसे पूरे शो का मुख्य आकर्षण बनाना था।

एकांकी का नाम मैं भूल गया हूँ। यह 1920 के दशक की लोकप्रिय ड्राइंगरूम कॉमेडी थी। इसे चार्ली की 'आंट एंड टन्स ऑफ मनी' की सफलता से प्रेरित होकर लिखा गया था। बहरहाल, हम शहर के एक पुराने होटल 'हैकमैंस' में रिहर्सल के लिए गए। इस होटल में उपयुक्त स्टेज और दो सौ दर्शकों के बैठने लायक बड़ा सा हॉल था।

रिहर्सल में शामिल सभी लोग पूरे उत्साह में थे और रिहर्सल ठीक-ठाक चल रही थी। दिलचस्प युवकों का समूह था—गुट्टू, उन सबमें बुद्धिजीवी था, रवि स्कूल टीचर था, गीता आग की गोला थी, भारी-भरकम पाँवों वाली

नीना भरतनाट्यम करती थी, नेल्ली नर्स की बेटी थी, चमेली मेक-अप इंचार्ज थी (वह एक स्थानीय ब्यूटी सैलून में काम करती थी), राजीव बार में काम करता था और हमारा प्रॉम्पटर भी था, कुछ और लोग थे, जिन्हें एकांकी शुरू होने के पहले और एकांकी समाप्त होने के बाद नाचना-गाना था।

कार्यक्रम में काफी लोग मौजूद थे। रवि स्थानीय स्कूल से काफी छात्रों को पकड़कर लाया था और बिजली काम कर रही थी। हालाँकि नियमानुकूल ब्लैकआउट को बनाए रखने के लिए हमने सभी दरवाजों, खिड़कियों और निकास-द्वार को कंबल से ढक दिया था। परंतु स्टेज पुराना और जर्जर था इसलिए जब नीना के डांस की बारी आई तो स्थिति बिगड़ने लगी। चकाचौंध कर देनेवाली थिरकन के बाद जब उसने अपने पाँव पटकने शुरू किए, तो वह फ्लोरबोर्ड के नीचे चली गई। गनीमत थी कि उसके शरीर का निचला आधा भाग ही नीचे गया था, ऊपर का आधा भाग बोर्ड के ऊपर था और दर्शकों को दिख रहा था।

स्कूली बच्चों ने वाह-वाह किया, परदा गिरा और हम सबने नीना को बचाया। टखने में मोच के साथ उसे सिविल अस्पताल जाना पड़ा। मसूरी में सिविल वार की इकलौती पीड़िता थी वह।

कार्यक्रम रुका रहा, लेकिन दर्शक ज्यादा बेचैन होते, उसके पहले परदा उठा। टी पार्टी का दृश्य था यह, गुट्टू को हर किसी के कप में चाय उड़ेलनी थी। दुर्भाग्यवश, हमारे स्टेज मैनेजर पॉट में चाय डालना ही भूल गए थे। बेचारा गुट्टू बारी-बारी से हर कप के पास जा रहा था, काफी परेशान था, पॉट में चाय थी ही नहीं और उसे हर कप में चाय उड़ेलनी थी। गुट्टू बुदबुदाया, 'डैम! चाय को हो क्या गया?' यह पंक्ति एकांकी के स्क्रिप्ट में नहीं थी। गीता उसके सामने आई और उसे शांत करती हुई बोली, 'चिंता मत करो। मुझे बिना चाय का दूध पसंद है।' और दूध का कप लेने के लिए वह खुद आगे बढ़ गई।

इसके बाद हर कोई अपनी पंक्ति गलत बोलने लगा और हमारे प्रॉम्पटर को काफी मशक्कत करनी पड़ी। दुर्भाग्यवश, उसने खुद ही बार में रम की काफी मदद ले थी। यही वजह थी कि जब कोई एक्टर अपनी पंक्ति बोलने में आगे-पीछे करता था, वह खुद बुलंद आवाज में पीछे से सही शब्द बोल दे रहा था, जिसे पूरे हॉल के लोग सुन रहे थे। बहुत जल्द एक्टिंग से ज्यादा प्रॉम्पटिंग होने लगी और दर्शक भी अपने-अपने डायलॉग बोलने के साथ इसका आनंद उठाने लगे।

अंततः, परदा गिरा और मैंने राहत की साँस ली। परदा गिरते ही लोगों ने तालियाँ बजाकर वाह-वाह की। परदा फिर उठा, और पात्र धनुष लेने के लिए आगे बढ़ा। हमारा जो प्रॉम्पटर था, वहीं परदा उठाता-गिराता भी था, उसने समय के पहले रस्सी खींच दी और हड़कंप के साथ परदा गिर गया, बेचारे गुड्डू के सिर पर बालू का बोरा गिर पड़ा। इस चोट से वह फिर कभी पूरी तरह उबर नहीं पाया।

शाम से बिजली लगातार थी, लेकिन अब जाकर वह भी गुल हो गई। सचमुच में ब्लैकआउट हो गया। इसी अफरा-तफरी में किसी ने—निश्चित तौर पर वह कोई लड़की ही होगी, क्योंकि उसके शरीर से चमेली की भारी सुगंध आ रही थी, अपनी बाँहें डाल मुझे 'किस' कर लिया।

फिर से बिजली आई, तब तक वह चंपत हो चुकी थी।

अँधेरे में किसने किया मुझे 'किस'?

इसे कबूल करने कोई भी आगे नहीं आया, इसलिए मैं सिर्फ अनुमान लगाता रहा। लेकिन वह बहुत 'स्वीट किस' थी और अगर मुझे इस 'किस' के स्वामी के बारे में मालूम हो जाता तो मुझे इसे रिटर्न करते अत्यधिक प्रसन्नता होती। मैं हर लड़की के पास जाकर, 'किस' के आदान-प्रदान की प्रत्याशा में, उसे 'किस' तो कर नहीं सकता था। और फिर यह भी तो हो सकता था कि किसी दर्शक ने ली हो 'किस'।

जो भी हो, हमारे कार्यक्रम से युद्ध के लिए कुछ सौ रुपए जमा हुए।

जब तक हमने इस पैसे को उपयुक्त अधिकारी के पास भेजा, तब तक युद्ध समाप्त हो चुका था। और अब हम सिर्फ उम्मीद ही कर सकते थे कि अब वे अधिकारी इसका सही इस्तेमाल करेंगे।

हम अपनी अलग-अलग राह पर चल पड़े। हालाँकि 'किस' दिमाग में घुमड़ती रही, लेकिन बाद में समय के साथ यह दूर होती गई। इसकी याद मंद पड़ गई और जैसे-जैसे साल बीतता गया, यह मेरे दिमाग से पूरी तरह निकली हुई थी। चालीस साल बाद, कल इसकी याद फिर ताजा हो गई।

सात साल के मेरे सेक्रेट्री गौतम ने घोषणा की, 'आपके लिए फोन है।'

'लड़का या लड़की, आदमी या औरत?'

'नहीं जानता। लेकिन उनकी आवाज मेरे टीचर की तरह है और बोल रही हैं कि आप उन्हें जानते हैं।'

'उनका नाम पूछो?'

गौतम ने नाम पूछा।

'मैं नेल्ली हूँ और बरेली से बोल रही हूँ।'

मैंने जिज्ञासावश कहा, 'बरेली से नेल्ली?' फोन ले लिया और बोला, 'हेलो, मैं गोलकोंडा से बोंडा बोल रहा हूँ।'

'तो अब तक आप निश्चित तौर पर धनी हो चुके होंगे।' उसकी आवाज बिलकुल निस्तब्ध कर देनेवाली थी। 'लेकिन आप मुझे पहचान नहीं रहे? नेल्ली? बहुत साल पहले मसूरी में आपके एकांकी में मैंने काम किया था।'

'अच्छा, तो अब मुझे याद आ गई। मैं याद कर रहा था। तुम्हारा एक छोटा सा रोल था, शायद नौकरानी का। तुम बहुत सुंदर थीं। तुम्हारी आँखें काली व तीक्ष्ण थीं। लेकिन इतने दिनों बाद तुमने मुझे फोन क्यों किया?'

'मैं आपके बारे में सोच रही थी। मैं अकसर आपके बारे में सोचती रहती हूँ। आप मुझसे बहुत अधिक बड़े थे। लेकिन मैं आपको चाहती थी। उस शो के बाद, जब बिजली चली गई थी, मैं आपके पास गई थी और आपको 'किस' करके भाग गई थी।'

'अच्छा, तो वह तुम ही थी! मैं अकसर सोचता रहता हूँ। लेकिन तुम भाग क्यों गई थी? मैं भी तुम्हें 'किस' करता। एक से अधिक बार।'

'मैं बहुत नर्वस थी। मैं सोच रही थी, आप गुस्सा हो गए होंगे!'

'अच्छा, मुझे लगता है, अब काफी देर हो चुकी है। तुम्हारी शादी हो चुकी होगी और बाल-बच्चे भी होंगे।'

'पति ने मुझे छोड़ दिया। बच्चे बड़े हो गए, बाहर चले गए।'

'इस तरह तुम अकेली हो गईं।'

'मेरे पास बहुत सारे कुत्ते हैं।'

'कितने?'

'तीस के करीब।'

'तीस कुत्ते! क्या तुम कुत्ताघर चलाती हो?'

'नहीं, वे सभी आवारा कुत्ते हैं। मैं कुत्तों को आश्रय देती हूँ।'

'अच्छा, यह तो बहुत नेक काम है। तुम बहुत दयालु हो।'

'आप कभी आएँ और इन सबों को देखें। बरेली आएँ, मेरे साथ रहें। क्या आपको कुत्ते पसंद हैं, या आपको ये अच्छे नहीं लगते?'

'अरे···क्यों नहीं। कुत्ते आदमी के सबसे अच्छे दोस्त हैं। लेकिन घर में रखने के लिए तीस बहुत अधिक हैं।'

'मेरे पास काफी जगह है।'

'तो फिर ठीक है···नेल्ली, मैं अगर कभी बरेली आया, तो तुमसे मिलने आऊँगा। मुझे इस बात की खुशी है कि तुमने फोन किया और रहस्य पर से परदा उठाया। वह लवली 'किस' था और यह मुझे हमेशा याद रहेगा।'

हमने गुडबॉय किया और मैंने उससे कभी मिलने का वादा किया। 'किस' करने के लिए बरेली जाना थोड़ा मुश्किल भरा काम है, लेकिन मैंने अपनी जिंदगी में इससे भी ज्यादा बेवकूफी वाले कई काम किए हैं। मुझे उन कुत्तों को लेकर चिंता होती है। मैं कल्पना कर सकता हूँ कि यदि मैं उन कुत्तों की स्वामिनी की तरफ गया, तो फिर वे किस तरह मेरी एड़ी के पास भौंकने

लगेंगे। कुत्ते बहुत अधिक स्वामिभक्त होते हैं।

मेरे दिवास्वप्न को तोड़ते हुए गौतम ने पूछा, 'फोन पर कौन था?'

'एक पुरानी फ्रेंड।'

'दादा की पुरानी गर्लफ्रेंड, क्या आप उससे मिलने जा रहे हैं?'

'इस बारे में सोचूँगा।'

और मैं आज तक इसके बारे में और उन कुत्तों के बारे में सोचता ही रहा। लेकिन कितना अच्छा होता, अगर यह चालीस साल पहले मसूरी में होता, जब अँधेरे में नेल्ली ने मुझे 'किस' किया था।

अनछुई यादें सबसे अच्छी होती हैं!

□

23

मेढक की चीख

पहाड़ की धार के पास बैठे-बैठे
मैंने सुनी एक तीखी आवाज
तेज हवा में पेड़ की डाली पर
चीख रहा था एक मेढक
एक लंबे हरे सर्प के जबड़े में

मैं नहीं सह पाता वीभत्स चीख
दो धारदार छड़ी ले मैं बढ़ा आगे
उत्पीड़क सर्प उगल रहा था मेढक
जो फुदककर खुशी-खुशी आ गया था सर्प के मुँह के बाहर
और बहते कुंदे के सहारे हो गया था उस पार

नतीजे से खुश हो,
हरे सर्पों को मैंने दिया छोड़
खड़ा हो लगा सोचने—
क्या यह था कोई ईश्वरीय प्रभाव!

चूँकि मैं सोच सकता था सिर्फ अंग्रेज की तरह
इसलिए बोला, हे भगवान्
करने देता मैं सर्प को अपना लंच। □

24

जरूरत सिर्फ कागज की

'लिखना बहुत आसान है। आपको सिर्फ अपने टाइपराइटर के सामने बैठना होगा, जब तक आपके ललाट पर खून की छोटी बूँद न आ जाए।'

यह अमर वाक्य है विस्मृत फ्रीलांस लेखक रेड स्मिथ का। यह वाक्य लेखन को अपना प्रोफेशन बनानेवाले लोगों की व्यथा और हर्षोन्माद को बयाँ करता है।

और फिर यह कारण है जिसकी वजह से मैं टाइपराइटर या कंप्यूटर की जगह कागज-कलम को ज्यादा पसंद करता हूँ। अपने सामने मशीन मुझे ज्यादा भयावह लगती है। पेन ज्यादा अपना लगता है और मैं इसे ठीक से नियंत्रित भी कर सकता हूँ—बिजली की रोमांच के साथ मेरी बाँहों से होकर उँगुलियों के रास्ते साफ सफेद कागज पर उकेरे शब्दों को देख अधिकारभाव का बोध होता है। हाथ से लिखना, मन-मस्तिष्क को खुश करनेवाला काम है। कागज की अनुभूति, जब इस पर मेरा हाथ सरकता है, इसका स्पर्श और इसकी बनावट। स्याही का बहाव, पेन की सरकती गति और मेरी लिखावट में जो अक्षर उभरते हैं, वे पूरी तरह मुझे जादुई ही लगते हैं। किसी दो व्यक्ति की लिखावट एक समान नहीं होती। आप कागज पर ज्योंही पेन रखते हैं, आपके आचरण, आपके व्यक्तित्व का खुलासा हो जाता है।

मैं निश्चित तौर पर जन्मजात लेखक हूँ और जो कुछ मिल जाए, उससे

लिख सकता हूँ। यहाँ तक कि मोमवाला कलर पेंसिल भी चलेगा।

पिछली रात मैं सुबह दो बजे एक रंगीन सपना देखते हुए उठ गया। सपने में देख रहा था कि मैंने एक ऐसा शहर खोज लिया है, जहाँ सूर्य कभी नहीं उगता, घाटी पूरी तरह दूर्बोध और घनीभूत है, लेकिन फिर भी लोग वहाँ रहते हैं। यहाँ उन पर्यटकों को लाने के लिए बस-सेवा भी थी, जो उस शहर को देखना चाहते हैं, जहाँ लोग चिरस्थायी काली छाया में रहते हैं। सपना और ज्यादा उदास करता, इससे पहले ही या तो खत्म हो गया या फिर मैं जग गया। लेकिन मैं इस सपने को याद रखना चाहता था, क्योंकि मुझे लग रहा था कि इससे एक अच्छी कहानी बन सकती है। तो फिर मैं नाइट लाइट का स्वीच ऑन कर पेन या पेंसिल ढूँढ़ने लगा। पिछली शाम सिद्धार्थ, सृष्टि और गौतम ने उनपर कब्जा जमा रखा था, इस कारण वे दोनों गायब थे। सुबह दो बजे टाइप करने का समय नहीं था, इसलिए मैं लिखने का कुछ दूसरा साधन खोजने लगा और मुझे अपनी डेस्क पर गौतम की मोमवाली रंगीन कलर पेंसिल का बॉक्स मिल गया।

मैंने एक नारंगी कलर की पेंसिल चुनी—यह एक मनोवैज्ञानिक पसंद थी, क्योंकि मैं उस सूर्यविहीन शहर के अँधेरे को दूरकर देना चाहता था—और फिर मैं एक लंबे लिफाफे के पीछे अपनी यादों को नोट करने लगा। यह एक पेज का नोट है, जिसे मैं कभी गायब नहीं होने दूँगा। यह इतना जीवंत है कि मैं इसके आधार पर एक कहानी लिख डालूँगा।

मुझे मोमवाली रंगीन पेंसिल का प्रायः इस्तेमाल करना चाहिए।

मेरे जैसा लगनशील लेखक जरूरत पड़ने पर लिखने के लिए कुछ भी खोज सकता है। और मुझे याद है मेरी पहली साहित्यिक कृति टॉयलेट पेपर की शीट्स पर लिखी गई थी।

मैं शिमला के प्रेप स्कूल में था और उन दिनों हॉस्टल में रहनेवालों को टॉयलेट पेपर का रॉल नहीं मुहैया कराया जाता था, बल्कि उन्हें पतले मुलायम कागज का पैकेट दिया जाता था। उस समय कागज का युद्धकालीन संकट था,

इसलिए बच्चे कागज के इन मुलायम टुकड़ों का इस्तेमाल पत्र लिखने, रफ करने, और फिर कागज का हवाई जहाज बनाने में करते थे। अतिरिक्त अभ्यास-पुस्तिकाएँ उपलब्ध नहीं थीं।

जासूसी कहानी लिखने की इच्छा (ब्रिंगटन स्ट्रैंगलर के बारे में बनी फिल्म से प्रेरित होकर) जाग्रत् होने के बाद मैंने टॉयलेट पेपर के पूरे पैकेट का इस्तेमाल अपने मास्टरपीस को लिखने में कर डाला। मेरी कहानी में, रहस्यमयी स्ट्रगलर को हमारे स्कूल में गेम-शिक्षक की नौकरी मिली और वह उन सभी शिक्षकों को समाप्त करने में लग जाता है, जिन्हें हम नापसंद करते थे। उसे अपनी जोड़ी फूड मैट्रन के रूप में मिली, जिसने उसके कॉर्नफ्लैक्स पर चूहा मारनेवाली दवा छिड़क दी।

दुर्भाग्यवश, मेरे एक मित्र को शौच के लिए जाना था। उसने मेरी पांडुलिपि के टुकड़े को कब्जे में किया और टॉयलेट की ओर दौड़ पड़ा। दरवाजे को बंद कर दिया और थोड़ी देर बाद जब मैंने फ्लश को अपना काम करते सुना, तो जान गया कि अब मेरी कहानी प्रकाशक तक नहीं पहुँच पाएगी।

वर्षों तक इसी तरह कई कहानियाँ खोती रहीं। मैं ऐसा नहीं मानता कि उनमें से किसी एक के कारण भी साहित्य का कोई बड़ा नुकसान हुआ, लेकिन व्यक्तिगत कारणों से मैं उनमें से एक या दो को बचाकर रखना चाहता था। जैसाकि इनमें से एक कहानी 1956 में देहरादून के कंटेस्ट टावर के पीछे आयोजित टिक्की-इटिंग कॉनटेस्ट के बारे में थी। इस कॉनटेस्ट का मैं सिर्फ दर्शक ही नहीं था, बल्कि प्रतिभागी भी था और 26 आलू टिक्की खाकर इस प्रतियोगिता में सेकेंड आया था। मेरे एक सिख दोस्त साहिब सिंह 32 टिक्की खाकर फर्स्ट आए थे। कुछ साल बाद वे इंग्लैंड चले गए और यू.के. में समोसा, टिक्की और चाट को लोकप्रिय बनाने के लिए काफी मेहनत की। इसी प्रक्रिया में उनका भविष्य भी बन गया।

इस प्रतियोगिता के बारे में मैंने एक कहानी लिखी, जो 'ट्रिब्यून' में छपी। 'ट्रिब्यून' उन दिनों अंबाला से निकलता था, क्योंकि चंडीगढ़ उस समय अस्तित्व

में आ ही रहा था। मेरी कहानियों की क्लीपिंग एक स्क्रैपबुक में थी, लेकिन जब मैं दिल्ली आया, तो वह स्क्रैपबुक गायब हो गई और इसके साथ ही मेरी कई शुरुआती कहानियाँ भी। 'द ग्रेट टिक्की इंटिंग कॉण्टेस्ट' मेरी कोई बहुत यादगार रचना नहीं थी, लेकिन यह हास्य-लेखन था।

गौतम अटल तर्कों के साथ कहा करता है, 'आप उसे फिर से हमेशा लिख सकते हैं।'

जो कहानी गायब हुई, उसमें एक थी 'द रनवे बस'। यह कहानी करीब उसी समय 'स्पोर्ट एंड पास्ट टाइम' में छपी थी। कहानी में एक बस ड्राइवर अपनी पत्नी को किसी अजनबी के साथ स्कूटर पर पीछे बैठकर जाते हुए देखता है। और वह बस में सवार पैसेंजरों की असुविधाओं का कोई खयाल किए बगैर स्कूटर का पीछा करने लगता है। वह उन्हें कुतुबमीनार के पास पकड़ लेता है। लेकिन बाद में पता चला कि वह अपनी पत्नी की हमशक्ल का पीछा कर रहा था। बस यात्रियों ने ड्राइवर की जमकर धुनाई की।

इसके बाद एक कहानी थी 'गौन फिशिंग'। इस कहानी में वाचक (मैं) की मुलाकात गाँव के एक लड़के से होती है और वह उसके साथ दूसरे दिन मछली पकड़ने के लिए जाने का वादा करता है। लेकिन राजधानी में एक नौकरी पकड़ने के लिए उसे अचानक शहर छोड़ना पड़ता है। उसकी ट्रेन एक छोटे पुल से गुजर रही होती है, तो वह नदी किनारे हाथ में छड़ी और बंसी लेकर मछली पकड़ते एक लड़के को देखता है। वाचक को लगता है कि वह कुछ खो रहा है—कुछ ऐसी चीज, जो एक दिन मछली पकड़ने से कहीं ज्यादा बड़ी है। और इस तरह उसे यह ज्ञान होता है कि प्रसन्नता पहाड़ी नदियों में भागती छोटी मछलियों की तरह ही दुर्ग्राह्य है।

यह ऐसी कहानी है, जिसे मैं फिर से लिखना चाहूँगा।

जेरॉक्स कॉपी मशीन का आविष्कार हो जाने का मतलब है कि मैं जितनी कॉपी चाहूँ, उतनी करा सकता हूँ, और क्लिपिंग तथा टाइप स्क्रिप्ट के दिन अब (करीब-करीब) लद चुके हैं। फ्रीलासिंग के मेरे अपने शुरुआती दिनों में,

जब मैं टाइपराइटर का इस्तेमाल करता था, आप कुछ कार्बन कॉपी निकाल सकते थे, लेकिन इसे प्रकाशकों के पास नहीं भेज सकते थे। हालाँकि उन दिनों प्रकाशक अवांछित पांडुलिपियों को लौटा देने का कष्ट करते थे और इस तरह आपकी मूल प्रति समाप्त नहीं होती थी। अधिकांशः लेखकों की तरह, मेरे पास अच्छी-खासी संख्या में अस्वीकृति पत्र जमा हैं। कुछ संपादक 'प्रयास जारी रखें', 'आपकी रचना में संभावना दिखी' जैसी उपयोगी टिप्पणियों के साथ अस्वीकृति-पत्र भेजने की सदाशयता दिखाते थे और फिर मैं प्रोत्साहित होकर उनके पास लेख, कहानी और कविताओं की बौछार लगा देता था।

अगर रचना स्वीकृत होती थी, तो अधिकांश प्रकाशक इसके लिए लेखकों को भुगतान करते थे। रकम छोटी होती थी, लेकिन वह समय से आ जाती थी। आज वैसी स्थिति नहीं है। कई सफल प्रकाशक भुगतान करने से बचने की कोशिश करते हैं। उनकी यथासंभव कोशिश होती है कि अगर भुगतान पचाया जा सकता है, तो पचा लिया जाए।

मेरी कई अस्वीकृत रचनाओं को (किशोरावस्था में लिखी गई) चेन्नई (उस समय इसका नाम मद्रास था) से प्रकाशित लघु पत्रिका 'मैगजीन ऑफ इंडिया' में जगह मिली। वे हर प्रकाशित रचना के लिए मुझे पाँच रुपए का मनीऑर्डर भेजते थे। मैं इन मनीऑर्डरों के इंतजार में रहता था। इन पाँच रुपए से मैं तीन सिनेमा देख सकता था या कई पेपरबैक खरीद सकता था या फिर इसे बीयर की बोतल पर खर्च कर सकता था।

अगर लेखक थोड़ा भी अच्छा है, तो वह पारिश्रमिक की अपेक्षा करेगा। जो लेखक दिखावटी प्रकाशकों के पास जाते हैं और अपनी किताब प्रकाशित कराने के लिए पैसा देते हैं, निराशा उनकी नियति है। अंततः उन्हें अपनी किताब अपने किसी कमबख्त दोस्तों को जबरदस्ती पकड़ानी पड़ती है, जो इच्छा जाहिर कर देते हैं, काश! क्रिसमस के लिए उन्हें शायद कुछ अच्छी चीज मिली होती।

पिछले दिन एक रिटायर्ड ब्रिगेडियर आए और उत्साहपूर्वक मुझे झकझोरते हुए जोर से बोले, 'आपके लिए एक उपहार लाया हूँ।'

मैंने सोचा, शायद वे मेरे लिए ह्विस्की की बोतल लाए होंगे। इसलिए मैंने भी जोर से कहा, 'बहुत अच्छा! कृपया बैठिए, सर। आप यहाँ आए, इसके लिए बहुत बहुत शुक्रगुजार हूँ।' इसके बाद लहराते हुए उन्होंने अपने संस्मरण के दो खंड मुझे थमा दिए। दोनों किताबों के कवर पर हैंडलूम के कपड़े का जिल्द था और मुखचित्र में जबरदस्त मूँछों के साथ जनरल दिख रहे थे। उसे देखकर मुझे आज भी हँसी आ जाती है, हालाँकि उनकी मूँछों का लचीलापन अब लगभग समाप्त हो चुका है।

यह पुस्तक मुझे अति उत्साह में इस आग्रह या आदेश के साथ भेंट की गई थी कि मैं इसकी समीक्षा आउटलुक, इंडिया टुडे और न्यूयॉर्क टाइम्स में लिख दूँ। मैंने हरसंभव प्रयास करने का वादा किया और किताबों को श्रद्धापूर्वक अपने बैठकखाने की सबसे महत्त्वपूर्ण जगह पर रख दिया। ज्यों ही वे गए, मैंने उन किताबों को उतारा और उन्हें अपनी आँखों से दूर कर दिया। वे अच्छे अड़ानी (दरवाजे को बंद होने से रोकने के काम में लाई जानेवाली चीज) का काम कर सकते हैं। लेकिन जनरल बहुत चालाक निकले। अचानक वे कमरे में लौट आए।

अपना पेन निकालते हुए उन्होंने कहा, 'किताबों पर आपके लिए ऑटोग्राफ देना भूल गया था।'

कुछ सेकंड के लिए मैं किंकर्तव्यविमूढ़ हो गया। उसी वक्त लिटिल गौतम दरवाजे से अंदर आया।

मैंने डाँटकर कहा, 'गौतम! तुम उन किताबों को आलमारी से क्यों उतार ले गए?' और जल्द से किताबों को फिर से लेकर उन्हें ऑटोग्राफ के लिए दिया। शायद उनका हस्ताक्षर ही किसी काम का हो।

अब मैं उनकी किताब का इस्तेमाल अड़ानी के तौर पर नहीं कर सकता। निश्चित तौर पर किसी भी दिन वे अचानक यह देखने आ धमकेंगे कि किताबें ठीक से रखी गई हैं या नहीं!

गजब की चीज है मानवीय दिखावा! समय-समय पर हम सभी इसके आगे झुकते रहते हैं।

राशन दुकान से आए बच्चे ने जब मुझसे मेरी एक किताब माँगी, तो मुझे बहुत खुशी हुई—लगा, चलो, आखिर में एक पाठक तो मिला! मैंने उसे बड़े आकार वाली बच्चों की एक किताब दे दी। इसमें बहुत अधिक पन्ने थे, अच्छा मजबूत कागज था।

दो या तीन दिन बाद मैं उसकी दुकान से होकर गुजर रहा था, तो उसके काउंटर पर पेपरबैग का ढेर देखा। वे पेपरबैग मेरे किताब के पन्नों से बने हुए थे! लड़के के पिता उस समय भी अपने एक ग्राहक को उसी में से एक बैग में चने भरकर दे रहे थे।

उन्होंने मुझसे पूछा, 'और आपको क्या चाहिए, सर?'

मैंने कहा, 'दो रुपए की मूँगफली।'

उन्होंने बैग में मूँगफली भरकर मुझे दे दी। साफ-सुथरे तरीके से मूँगफली रखने के लिए साटे गए अपनी किताब के दो पन्नों को लेकर दीन-हीन भाव के साथ चला आया।

गौतम को मूँगफली दी और उसे बताया कि किताब के साथ क्या हुआ!

वह इस बारे में दार्शनिक अंदाज में था।

उसने कहा, 'मुझे लगता है दुनिया को किताब से ज्यादा मूँगफली की जरूरत है!'

मैं उसके साथ तर्क नहीं कर सका। गौतम की दुनियावी समझदारी और सलाह हमेशा डेविड कॉपर फील्ड के 'मिस्टर डिक' के समान होती है।

मैं टहलते हुए अपने बैठकखाने में आ गया और किताबों की आलमारियों के चारों ओर देखा। जनरल के संस्मरण ने तुरंत मेरी आँखों को खींच लिया। मैंने दोनों खंडों को आलमारी से निकाला। गौतम मेरी आँखों की अन्यायपूर्ण झिलमिलाहट को ताड़ गया।

उसने पूछा, 'आप क्या करने जा रहे हैं?'

मैंने कहा, 'आओ, हम पेपरबैग बनाने जा रहे हैं।'

□

25

गोल्डफिश के कटोरे में फँसे बीटेल के लिए गीत

बीटेल गिरा गोल्डफिश के कटोरे में
हे-हो!
लुढ़क-लुढ़ककर करता रहा संघर्ष
हो-हूम!
खिड़की खुली थी, चमक रहा था चाँद
पूरी ताकत के साथ गा रहे थे झींगुर
लेकिन गलती कर बीटेल ने गड़बड़ा दी उड़ान
और अब वह जाकर फँस गया पानी भरे दलदल में
गोल्डफिश ने कर दिया था उसे बहुत हैरान ,
हो-हुम, हे-हो!
बीटेल तैरा बाएँ, बीटेल तैरा दाएँ
हम-हो!
बगल से आया मैं, बोला, हे भगवान्, कैसा है नजारा!
आज रात डूब जाएगा बीटेल बेचारा
हो-हुम।
सुना था, बीटेल तो बस है एक कीड़ा
लेकिन होगा क्या गर मैं गिरा बीयर की बोतल में!

कोई ना आया तो खुद बन जाऊँगा लाइट बीयर

(मुझे बताया गया था, टैनजीसर में एक आदमी के साथ ऐसा ही हुआ था)

उँगली और अँगूठे से मैंने
पकड़ा लिया बीयर
गोल्डफिश दिखा खुश
खिड़की थी खुली, चमक रहा था चाँद
मैंने रात में बीयर को दिया दूर धकेल
छोटे रास्ते पर उसने भर दी लड़खड़ाती उड़ान
हो–हुम, हे–हो!
अलविदा!

□

26

शेष-अशेष

‘हँसिए और मोटा बनिए, सर।’

—बेन जॉनसन

• • •

‘शाम में हलका खाना दीर्घायु बनाता है।’

—ग्रेनी

• • •

‘अपनी जीभ को अपना गला मत काटने दो।’

—ग्रेनी

• • •

‘अगर तुममें साहस नहीं है तो फिर मजबूत पाँव रखो।’

—अंकल केन

• • •

‘लंबे भाषण से बचो। आदमी जितना कम जानता है, उतना अधिक बोलता है।’

• • •

‘अपने दुश्मनों को प्यार करने की कोशिश करो। अगर कुछ नहीं तो तुम उन्हें भ्रमित जरूर कर दोगे।’

• • •

‘जब बच्चा फर्श पर रेंगकर कुरसी की टाँग पकड़ ले और पहली बार खड़ा हो जाए, तो उसे साहस कहते हैं।’

• • •

‘अगर तुम जीत नहीं सकते तो अपने से आगे वाले को अधिक-से-अधिक प्रयास करने दो।’

—*अंकल केन*

• • •

‘कभी-कभार तुमको सजा तब भी मिल जाएगी, जब तुम उसके हकदार नहीं रहोगे। अपना रोष प्रकट करने के पहले इस बात को सोचो कि तुमको कितनी बार सजा मिलनी चाहिए थी, जो नहीं मिली।

—*एनोन*

• • •

‘जीवन को नई दिशा देनेवाले मोड़ हमेशा बहुत तेजी से आ जाते हैं और उस रास्ते पर उतार देते हैं, जिन पर हम निगाह नहीं रखते।’

• • •

‘ईश्वर ने हमें हमारा चेहरा दिया है। चेहरे का रुख हम खुद प्रकट करते हैं।’

—*ग्रेनी*

• • •

‘बेहतर दिनों की तैयारी के लिए बुरे दिन भले ही होते हैं।’

• • •

‘गौतम हमेशा सुशिष्ट रहता है। एक दिन बहुत लंबी नाकवाले एक आगंतुक हमसे मिलने आनेवाले थे। हम लोगों ने गौतम से कहा कि वह उनकी बहुत लंबी नाक के विषय में कुछ नहीं बोलेगा। आगंतुक आए , गौतम ने उन्हें ध्यान से देखा, हँसा और फिर मेरी ओर मुड़कर बोला, ‘दादा, कितनी सुंदर छोटी नाक है उनकी!’

• • •

‘कम बोलें, और चीजें अपने आप ठीक हो जाएँगी।’

—*लाओ तजी, लाओत्से*

• • •

'भोजन का सम्मान करें, कृतज्ञता के साथ इसे स्वीकार करें, संतुष्टि के साथ इसे खाएँ, कभी इसे तिरस्कार भाव से नहीं देखें।'

—मनु

• • •

'हर काम में शिल्प है। यहाँ तक कि अंडा तोड़कर पकाने में भी।'

—ग्रेनी

• • •

'मैंने बच्चों को रात में जब से भूत-प्रेत की कहानियाँ सुनानी शुरू की हैं, तब से बिजली बिल लगातार बढ़ता जा रहा है। सिद्धार्थ, सृष्टि और गौतम बत्ती जलाकर सोने पर जोर देते हैं। इसके परिणामस्वरूप कीड़े उड़कर खिड़की से अंदर आ जाते हैं।'

पिछली रात मैं एक कीड़े को निगल गया।

गौतम ने पूछा, 'उसका स्वाद कैसा लगा?'

मैंने कहा, 'चॉकलेट।'

उसे मेरे कहने पर विश्वास नहीं हुआ।

• • •

'धीरे-धीरे कदम बढ़ाओ, बुद्धिमानी के साथ कदम बढ़ाओ, भाग्य तुम्हारे रास्ते आएगा।'

—अंकल केन

• • •

'आनंदित हृदय किसी भी दवा से ज्यादा काम करता है।'

—ग्रेनी

• • •

'जीवन में अपना रास्ता खुद तय करो। सितारों की भविष्यवाणियाँ ज्योतिषियों के लिए होती हैं।'

□□□